Quem me leva para passear

ELISA LUCINDA

QUEM ME LEVA PARA PASSEAR

Todos os direitos desta edição reservados à Malê Editora e Produtora Cultural Ltda.

Direção: Francisco Jorge & Vagner Amaro

Quem me leva para passear
ISBN: 978-65-87746-64-7
Arte de Capa: David Lima
Foto 4ª capa: Jhonatan dos Reis Estrella
Edição: Marlon Souza
Revisão: Valéria Lima
Diagramação: Maristela Meneghetti

Texto revisado segundo o novo Acordo Ortográfico da Língua Portuguesa.
Proibida a reprodução, no todo, ou em parte, através de quaisquer meios.

DADOS INTERNACIONAIS DE CATALOGAÇÃO NA PUBLICAÇÃO (CIP)
Vagner Amaro – Bibliotecário - CRB-7/5224

L938q	Lucinda, Elisa
	Quem me leva para passear / Elisa Lucinda. – Rio de Janeiro: Malê, 2021.
	p.196; 21cm.
	ISBN 978-65-87746-64-7
	1. Romance Brasileiro I. Título
	CDD – B869.3

Índice para catálogo sistemático: Romance: Literatura brasileira B869.3

Rua Acre, 83, sala 202, Centro. Rio de Janeiro
www.editoramale.com.br
contato@editoramale.com.br

0

Um dia, tenho certeza que ainda vai existir um jeito de eu só pensar e automaticamente um livro se imprimir.

Quem me leva para passear

1

Parece mentira que eu dei de achar que estão lendo ou podem ler meu pensamento. Mas isso não é possível. Onde é que a civilização vai parar, gente? Desenvolvi essa desconfiança paranoica agora. Tanta conexão que a gente fica doida. Por exemplo, um dia descobri que em toda farmácia que eu entro estou cadastrada; como é que pode? Parece que eu minto:

— Tem cadastro aqui, senhora?

— Não, querida.

— Me dê seu CPF, por favor?

Quase desobedeço. Ainda vou perguntar ao doutor Douglas se sou obrigada a dar meu CPF pra qualquer um. Enquanto não pergunto, cedo e falo o número, idiota que sou.

— Aqui. A senhora é cadastrada sim em toda a rede de farmácias Drogaditas.

— Mas quem me cadastrou?

— Não sei, mas a senhora é nossa cliente especial, tem direito a descontos...

Meu pensamento subiu na bike, deixou ela sozinha lá e voltou pra casa. Não quero saber de ninguém vendo ou sabendo o que estou pensando! Será que a gente não pode descansar desse reality show? Chispa pra lá! Não quero saber de escutas nos campos da minha mente! Não permitirei câmeras, tá ouvindo? Principalmente porque vão me ver muito pelada aqui dentro e não quero ninguém dando opinião moralista sobre mim. Gosto de andar no meu terreiro como eu nasci. Quem não gostar reclama com quem me fez.

Na sala da memória de vez em quando eu vou só para cheirar o jardim da minha infância. Ou me lembrar das primeiras siriricas. O que é que tem? Por acaso estou fazendo alguma coisa errada? Por acaso eu sou a única? Sai pra lá! Não quero ser vigiada, monitorada, aqui sou livre. Mas o que é isso? Acabo de tropeçar numa espécie de lâmpada? Deixa eu dar uma esfregadinha nela junto ao meu peito pra ver o que acontece. Para meu espanto, tudo se esfumaça e, da bruma, brota um gênio. Caramba, só pode ser o da lâmpada!!

— Qual é o seu desejo, menina?

— Senhor Gênio, que bom que o senhor existe, estou precisando: gostaria que o senhor criasse um sistema de segurança que não deixasse ninguém ler o meu pensamento.

— Só isso?

— Só. Não quero mais nada.

— Seu desejo será realizado, já pode pensar o que quiser, aqui é seu chão.

– Obrigada, Gênio. Sabe qual é o seu maior adjetivo? Seu maior adjetivo é o seu nome. O que é que eu vou dizer? Gênio! Só sendo muito gênio pra fazer isso. Obrigada, de coração. Como retribuição, o senhor quer algum favor de mim?

– Sim, menina. Quero morar aqui no seu porão, se não incomodar. Ocupo pouco espaço, fico dentro da lâmpada, só desperto quando você me acionar. Ainda tem direito a dois desejos. Afinal, aqui é um bom lugar para ficar. E quando você vier ao porão, podemos passar a noite a conversar.

Sorri. Senti muita ternura. Fiquei olhando pra ele: aqui dentro é tão grande, não vai mesmo incomodar. É bom ter um gênio por perto, sempre a vida nos pede uma mágica de última hora.

Ai, ai, tô aqui pensando na farmácia Drogaditas. Será que lá tem uma espécie de código que, quando a gente diz o CPF, nos clona para depois nos espionar? Não. Aqui é lugar de existir, camarim da vida, quintal de mim, território de livre pensar, aqui voo onde esta espécie de vento me levar. Por isso que eu pedi ao gênio esse favor. Como aqui é sem censura, não quero saber de ninguém fazendo julgamento em praça pública do meu interior.

2

Sonhei que Órion virava boto e eu via. No sonho ele saia da cama e eu pensava: hoje eu o pego. Fingi que dormia até ele sair e depois o segui. Foi indo, indo, andando e cantando: "volta pro rio, do rio volta pro mar o moço que vem de lá…"

Eu indo, entre becos sombrios, atrás do homem-peixe, na escuridão da noite sem lua onde ele passava, cada vez mais escorregadio.

Pronto, chegamos ao banco de areia. Na Conceição da Praia, antes do rio Encantado, gritei:

— Órion, espia a placa: está escrito Conceição da Praia com letras de conchas!! Nunca vi. Que bonito. Vem ver de perto!

Mas ele não responde nem vem. Vai pro rio. Entra no rio cor de mate, mergulha homem, mas emerge peixe. Fiquei sem forças na beira daquelas margens. Perdida de mim. Quando ele virou pra trás e me olhou, fiquei paralisada. Continuavam ali os olhos dele verde-amarelados, mas agora a cor estava fixada no dourado das criaturas das águas. Com um fio de voz ainda arrisquei em sua direção:

— Se for sonho, por que estou sonhando isso, meu Órion, me diz?

— Não sei. Estou sendo sonhado. Sou voz passiva aqui e daqui, da paisagem do sonho, não enxergo direito quem é o sonhador.

3

Já vem Malvina. Vou fingir que não vi. Ai, meu Deus, ela já me viu:

— Tá de máscara mas te reconheci, Edite. Já soube do escândalo? Não querem deixar pastor Flaviano abrir uma igreja aqui. Já viu disso, Edite?

— Não tô sabendo. Que coisa, né? E por que a proibição, Malvina? Tem que ver porquê!

— Implicância porque o pastor é branco. Será que virou errado ser branco, Edite?

— Branco eu não sei, mas preto já é considerado errado há muito tempo, mesmo sem ser. E o branco não tem fama de bandido mesmo sendo. Não entendo. Ô mundo trocado!

— Me fale uma coisa, Edite, sinceramente, você acha errado um homem querer ensinar a palavra de Deus?

— Deixa Deus fazer isso, né? Será que a pessoa que criou o mundo não vai saber ensinar nada para as suas criaturas, nem a própria palavra? O mais difícil Ele já não fez?! Eu hein!

— Estou com pena do pastor Flaviano, é um homem bom! Um homem que ajuda orfanatos, hospital do câncer, é uma alma boa.

— Vem cá, pera aí, pastor Flaviano não é aquele do escândalo do grupo de crianças que ele evangelizava todo peladão não, né, Malvina? É ele? Pelo amorrrr...

— Não, Edite, nada ficou provado! Uma criança disse que inventou.

— Qual criança? Aquela que a família enriqueceu subitamente e foram até morar em Miami?

— Edite, cê para de pôr minhoca na minha cabeça. Por isso que eu não moro aqui no seu bairro. Margareth falou que conversou com você e que quase virou ateia. Diz que aqui nas suas ruas tem sempre uma casca de banana no chão da razão pra gente escorregar e cair. Nem vem. Tchau, olha lá meu Uber!

Dei de ombros. Nunca perdi meu sono por causa de Malvina, nem quando ela falou pra todo mundo que ia votar no capitão. Ex-capitão, né? Tô quase chegando em casa a pé, passando pela rua de trás que, pra quem está de carro, é contramão. Pra mim, não. Tô sempre na minha mão. Um carrão estaciona perto do meu portão. Está tudo calmo. Um carrão que eu sei que não é daqui parado na minha porta? Vidro fumê. Não é carro barato. É um carro pomposo. Ih, tá baixando o vidro. Êpa, é pastor Flaviano! Só Exu na causa. Este pastor ofende os bons pastores. Este é filho da puta até o talo. Não pode ver uma alma sofredora que pensa logo em cifrão. Parece filho do demônio. Botou o carão pra fora da janela:

– Sempre bonita, irmã Edite.

– Não sou tua irmã, pastor, temos pais diferentes.

4

Se eu contar que Brisa abriu uma garrafa de uma cachaça chamada Cata Pinto, alguém vai acreditar? Era de manhã e era sábado. Só com uma dose já fiquei de quatro e comecei a querer dar a bunda para a porta. Uma coisa incrível. Isso era lá em casa. Cresci com essas meninas, Brisa, Horizontina e a mais pequenina, Aza; irmãs. Todas netas de Dona Nuvenina. O pessoal chamava assim desde pequena, mas o nome dela mesmo é Nuvem do Sol de Sousa. Horizontina falou que o bisavô dela, o pai de dona Nuvem, trabalhava na lavoura de café. Disse que era um preto que só contava com o chapéu e com Deus contra o sol escaldante sobre a cabeça, durante horas e horas. Coisa que parecia fazer os dias iguais. O que salvava é que na cabeça de seu Antenor, lá dentro, tinha muitos sonhos. Um ninho deles. Ele gostava de futucar a energia da natureza com seu pensamento bom. E fazia promessas:

– Se cair uma chuvinha leve agora para refrescar, é o tempo de eu parar e tomar um golinho d`água. Se Deus mandar eu trabalho um dia dobrado na semana que vem.

Se aquilo acontecia, assim cumpria. Um dia, sol escaldante de dezembro, Antenor pediu, implorou ao céu uma nuvem dessas que só vêm pra tapar só por um minutinho o sol, só uma gotinha, um telhadinho na cabeça do trabalhador. Pediu, implorou uma nuvem particular para esfriar um pouquinho os miolos. Se acontecesse, a menina caçula da barriga da mulher prenha, se se confirmasse menina, ia chamar Nuvem do Sol, e, se fosse menino, também. O que é que tem? Se tem Rubem pode Nuvem. E foi assim a gênese do nome da avó de Horizontina. Dizem que a linhagem deles é assim: sempre tem uma ninhada de avoados, de uma gente que transita na viagem do tempo ou na linha do pensamento com muita facilidade. E aí pula uma. Teve a de dona Nuvem, pulou uma geração, e tem essa de Brisa, Horizontina e Aza. Nós tomamos a Cata Pinto e depois elas me chamaram para voar com elas. Fui.

5

Preciso me apresentar: Oi, oi, estou aqui, estou aqui há muito tempo e algumas vezes eu tenho que entrar na conversa. Afinal eu também moro nesse bairro. E aqui é democrático. Edite disse que eu destoo, que critico, que sou rigorosa, que sou grossa, que exijo demais dos outros, e o pior é que não estou com essa bola toda não. O que é que eu posso fazer? Muitas coisas ruins não acontecem aqui dentro porque eu analiso a situação, puxo a rédea de Edite, porque se deixar, ela delira! Mas não é fácil. Outro dia me acusou de reprimi-la. Que eu parecia a voz da avó dela. Me deu uma raiva, tanta raiva que se eu pudesse me mudava daqui. Mas morar aonde?

Tô aproveitando que ela está dormindo pra fazer esse desabafo. Eu sou a Voz que mora na cabeça da Edite. Não estou sozinha aqui dentro. Tem mais gente. Não vou citar nomes, mas tem mais gente. Porém, de todos, eu sou quem mais se mete no pensamento dela. Sou juíza, advogada, promotora, o "Xangô do ori", como ela gosta de falar. Quer dizer, para mim, sou só mesmo a justiça na cabeça dela.

Ihhh, ela está acordando... ela está acordando...

6

Já vem Diamantina esbaforida pra contar pra mim que Leleco finalmente levou um pé na bunda da filha dela, a Nenê, que descobriu que até engravidar a amante Leleco engravidou! A filha de Diamantina bisbilhotou... é bolso, é carteira, é computador, é celular e acabou descobrindo que a amante do marido abortou. Leleco implorou pra ela: "Liete, se você tiver esse filho, meu casamento acaba e a minha mulher dá uma surra em nós dois. Ninguém sobrevive não. Minha mulher é o cão". Diamantina falou que Liete não aguentou a pressão e abortou no terceiro mês.

– Edite, Nenê falou que a tal da Liete tomou chá de maconha.

– E funciona?

– Diz que é pá, pum. Diz que Liete falou pra todo mundo ouvir que se não funcionasse ela ia enfiar um talo de mamona, deixava lá um dia e já era. Eu sou sogra, né, Edite, sogra tem má fama. Mas eu nunca gostei de Leleco, dei graças a Deus que acabou. Ele bateu na minha filha, Edite. Essa menina não puxou a mim. Se lembra quando eu quebrei o cabo de vassoura nas costas de Jarbas e botei ele pra correr?

– Se me lembro? Quem pode esquecer?!

Fiquei olhando pra ela, tão bonita. Mas tive que me despedir logo, que já estava na hora de preparar o jantar de aniversário de dona Violeta Jardins Magalhães Alcântara de Lopez. Uma mulher muito bonitona que me contratou para preparar a comida toda do jantar da família. E eu estou agora na casa dela pensando essas coisas. Achei a cara da Bianca, filha dela, tão branca, meio amarela, e muuuuuuuuito triste.

– Bianca acabou de chegar do nosso apartamento em Milão.

Bianca adooora Milão. Certa vez ficou lá dois meses direto. O pai achou até que ela ia ficar morando lá.

Hum, no tempo que estou aqui na cozinha essa Bianca só apareceu agora de tarde. E olha que eu cheguei de manhã, hein? Veio tomar água, andando devagar na cozinha imensa. Mal me cumprimentou. Ela andava achando a geladeira longe.

– Quer que eu pegue água pra você, minha querida?

Fez que não com a cabeça. Sussurrou um "pode deixar" com lágrimas nos olhos.

Tô achando que não teve Milão é nada, eu tô achando que Bianca abortou. Deve ter sido numa clínica muito da boa. Clínica cara. Vai ver foi até lá em Milão.

Não julgo Bianca. Nem Liete, nem a clínica, nem o chá de maconha.

Não gosto é de hipocrisia.

7

Sempre com maus modos! Nunca vi igual. Instável por natureza. Na mesma hora em que acaba de beijar, morde. Se acha. É o fodão. Se vê maior que o próprio pai, muitas vezes. Não quer saber se o seu criador é mais experiente, se é um velho eterno, mais beirando a idade do infinito pra frente e pra trás. Não quer saber de nada. Machuca o coração do pai, que não o criou pra fazer tanta merda, tenho certeza. E, sendo tão baixo, mesmo assim o homem se acha! Impressionante. Vaidoso! Acredita que só quem é mau é o outro, é o diabo, e dana a fazer maldade. Rouba de quem tem fé, rouba de quem não tem mais nada. Come criancinha!!

    Filho da puta do homem que, além de inventar a guerra, tem que dar conta dela, fazendo manutenção, comemorando vantagens. A vantagem de vencer o irmão. A desgraça de espalhar mudas e mudas de ódio pra lá e pra cá. Que serviço!

    Realmente não sei o que meu pensamento está fazendo aqui. Mas na verdade estou triste. Acordei assim, com muita pena de Deus. Se Ele for mesmo pai do homem como o pessoal fala, Deus sabe que tem um filho problemático!

8

A cara linda de Órion, me olhando nos olhos e dizendo que ia visitar a mãe, brilhou meu coração na tarde e tive medo de perdê-lo. Dá um beijo na minha sogra linda, eu disse. O medo passou rápido, mas deixou rastro. Agora chega perto de mim arrumando a mochila e eu estou gostando também da direção do vento me trazendo seu perfume.

Veste uma bermuda de linho bege com flores discretas da mesma cor, feito marca d'água. Dá pra ver a beleza toda dele.

– Você vai ficar bem, minha Edite?

– Claro que vou, Órion, vou ficar muito bem. Mas só te peço uma coisa: muita atenção, cuidado com as piranhas...

– Que piranha? Não me envolvo com piranha, Ditinha! De onde é que você tirou isso? Vem cá, vem...

E vem me beijando todo gostoso, o pau já meio querendo entrar na conversa, mesmo sabendo que não dá tempo, senão Órion perde o trem.

– Só tô falando, meu bem, porque você já se envolveu com uma piranha uma vez, então ...

– Eu? Quem? Que piranha?

– Eu.

9

— Você tem que explicar: por que você trouxe este travesseiro do hotel, Edite? Roubando? E se te pegam? Já é preta...

— Ô, Dona Voz, quem te chamou aqui? Que palhaçada é essa de ficar me dando lição de moral?

— É que se não sou eu pra cuidar da coerência aqui dentro, minha filha, a Dona Ética ó, babau, vai pro espaço!

— Acontece que o hotel tinha preços abusivos e eu, curtindo muito a plumagem do travesseiro. Pedi uma água fervendo pra fazer um chá que eu havia recebido do Órion num bouquet de rosas enfeitado com ramos de hortelã. Mandaram a conta: 17 reais, o preço de uma água fervendo, você acredita? Fervi de nervoso. Raiva daquele hotel chique, cara de pau. Explorador. De vingança, decido levar comigo o travesseiro. A mala da vinda foi cheia de meus ingredientes especiais e voltou bem vazia depois da festa. Soquei o bicho lá dentro e vim. É meu, hotel de merda, ladrão! Pô, fiquei lá dois dias, comi um salmão e uma sopa de mandioquinha, mais um prato de frutas da estação de lanche, mais quatro águas. Paguei quase 400 reais, sem incluir a diária, que foi paga pela aniversariante do jantar que viajei pra fazer. Achei então que o que paguei incluía um brinde. Resolvi que era o travesseiro. Mas parece praga. Diz que o mistério não gosta de mal feito, mesmo quando se acha que se tem razão. É eu deitar agora nesta maciez de plumas e ouvir a Voz da culpa, com a cabeça imensa dividindo comigo o travesseiro e repetindo:

— Devolva o que não é seu. Devolva o que não é seu.

— Inferno. Olha lá, Dona Voz, acho que tem alguém te chamando no rabo do pensamento que passou. Chata.

10

O que é que eu vim fazer aqui? Não tinha necessidade de eu sair do meu canto, mas Fatinha insistiu, insistiu, insistiu, e não é que eu vim parar na missa com ela? Foi por dó que eu vim. Era aniversário da mãe dela que morreu, o irmão não fala com ela, só tinha eles dois, e agora só tem ela. Aí eu vim. Por pena. Mas se arrependimento matasse eu tava era mortinha. Primeiro que estou achando o padre muito vermelho. Parece que derramaram vinho tinto dentro dele. Só não sei por onde. Segundo que ele está fazendo uma confusão com o evangelho que eu não estou entendendo nada. Misturando alhos com bugalhos, tá forçando a barra da metáfora. Só tô vendo. Nessa eu não caio mesmo. Fatinha tá que reza, que chora, ajoelhada. Não tô com vontade de ajoelhar, o que é que eu faço? Parece que nessa hora alguma coisa me atenta. Ô vontade de rir. Sempre foi assim. Maria Alice, minha irmã, pedia: "Para, Edite, não olha pra mim". E eu só queria falar com ela que o padre careca com aquela barba grande, parecia que estava de cabeça pra baixo. Como se o cabelo fosse a barba. Ih, o pessoal está se preparando para comungar. Agora é que vai ser. Fatinha saiu de casa dizendo que precisava comungar. Iria renascer. Lembrei de Jovino confessando ao padre:

– Padre, eu pequei: faz vinte anos que eu comunguei!

– Meu filho, não comungar não é pecado. Ficar muito tempo sem comungar não leva ninguém para o inferno.

– Não, padre, o senhor não entendeu: Faz vinte anos que eu como um gay e sou casado com uma mulher.

O padre não explicou pra ele nessa hora que nesse caso talvez ele também fosse gay, pois está fazendo amor com uma pessoa do mesmo sexo. E este fato, independe das carícias de quem faz ou recebe. O padre podia ter explicado também que pode ser que ele seja bissexual. O que é que tem? E por fim o padre podia explicar que qualquer forma de amor não nos afasta de Deus. É quando a igreja perde a oportunidade de ensinar o certo. Pensando bem, acho que vou comungar também, a fila já se formou e, pra dizer a verdade, eu tô é com fome. Na verdade, estou com o estômago roncando e, a gente que trabalha com buffet, com jantar chique, sabe muito bem que aquela laminazinha fina, feita de trigo e redondinha, quando a gente bota salmão e gorgonzola nas festinhas chama hóstia também, sabia? Igualzinho. Fatinha parou de chorar, está quase chegando na minha vez e eu estou atrás da velha com véu. Nunca entendi por que usar véu na igreja. O padre come uma hóstia imensa e serve essa merreca pra gente? Corpo de Cristo. É a minha vez, estou abrindo a boca, ele põe a hóstia na minha língua, e eu imagino sabe o quê? Um patêzinho de atum ali por cima. Hum.

– Edite, Edite, respeita o ritual dos outros, está passando dos limites.

– Eu não estou desrespeitando, dona Voz, são coisas que vêm na cabeça da pessoa, sem a pessoa mandar. Se for um pecado, não é um pecado doloso, não estou fazendo por querer, o pensamento é que vem. Agora, por exemplo, estou reparando nas imagens da igreja e a escultura que não está com cara de sofrimento está com cara de gozo! Tá vendo? Por isso que não acredito mesmo nesse lero: se tivesse inferno de verdade, não era hora de abrir um buraco aqui debaixo do meu pé e eu cair direto lá, só porque pensei isso? Quer saber, nunca mais eu vou aceitar vir num templo para ficar criticando. Não é certo. Eu não era para estar aqui.

Ai ai, agora está na hora de todo mundo se abraçar. Hora do Pai Nosso, hora de abraçar o próximo. Fatinha me abraça e eu também a abraço. Estou há um tempão aqui abraçada com ela. Tô aproveitando para dar uma descansadinha no ombro dela. Tenho andado exausta. O próximo ampara a gente. É bonito. Ando muito cansada e com muita saudade do meu terreiro. Vai ter gira de Exu semana que vem, Dona Sete vai atender e, eu vou levar Fatinha lá pra ela ver o que que é bom.

11

Urano é um nome lindo, né? É o nome do filho de Horizontina. Urano de Midas, Urano de Midas Carvalho. Eu acho bonito. Forte. Que garoto bonito. Um dia foi dormir na casa de uma amiguinha e tinha uma cigarra cantando muito alto, ele não conseguia dormir. Ligou para a mãe:

– Mãe, eu não consigo dormir com esse zumbido da cigarra no meu ouvido.

– Filho, ela vai cantar até morrer e aí você dorme. Daqui a pouquinho ela estoura e morre, tá bem?

Urano não falou nada. Urano não disse nada, só pensou: Eu quero dormir antes que ela morra, antes que ela exploda. Quero dormir antes que ela morra, antes que ela exploda, quero dormir antes...

zzzzzzzzzzzzzzz ...

12

Enquanto douro o alho em fogo brando, estou sentada na mesa à beira do fogão em silêncio. Lá da rua ouço o pregão da manhã:

— Alô, alô o moço compra: Panela velha, refrigerador velho, ar-condicionado velho, tampa velha, colcha velha, computador velho, buceta velha... Tudo o moço compra

Será isso mesmo? Será que ouvi buceta velha? Meu Deus! Terei ouvido isso mesmo? "Panela velha, buceta velha..." Ó, repetiu! Então se compra assim como se fosse um traste? Que absurdo! O que será uma buceta velha? Mesmo buceta nova já é meio imprecisa, com suas dobraduras, com sua profusão ancestral de folhas e sua geografia de flor ... Que horror, buceta velha!

Uma vez sonhei que estava andando de noite, perdida e a única luz que eu via era a de um ferro-velho. Cheguei até lá e era um ferro-velho só de piru! Fiquei chocada! Não sabia que existia ferro-velho só de pau não. No sonho, como é que eu ia entender aquilo? Tinha uns duros, uns moles, uns meia-bomba, mas todos sem o homem, uma parte tão importante do pênis.

Ai, ai ... Enquanto isso, o alho já dourou, eu tô refogando o arroz. Esse negócio de se tratar mal o velho, que é o caminho pra onde todos vamos, não me agrada. Entendo minha mãe. Quando éramos crianças e alguém falava, "o que a gente faz com esse pano?", o outro irmão respondia: está velho, joga fora. Enquanto minha mãe se indignava:

— O que será que vocês vão fazer comigo daqui a uns anos, tudo o que é velho vocês jogam fora?

Meu pensamento hoje tá assim, fervendo que nem essa água que eu vou botar no arroz daqui a pouco para ele ficar bem soltinho. Que nem meu pensamento. Um bom fogão tem sempre uma água fervendo.

13

Vou ficar muito chateada se, quando dona Gertrudes morrer, eu ouvir alguém falar no velório que ela era uma velha assanhada. Que absurdo. E o que é uma velha assanhada? Quando começaram os primeiros sintomas? Já era assim ou ficou depois de velha? Gertrudes, tão querida! No dia em que nos conhecemos já foi me contando que aos 80 e com o namorado de 25, estava adorando a vida.

– Edite, nos conhecemos em Punta del Este. No caminho do aeroporto até o hotel, ele guiando o carro, algo aconteceu entre nós. Almas gêmeas. Falávamos, falávamos, falávamos. Parecia que era uma estranha estreia e também parecia saudade. Uma loucura. Nos olhávamos, sem poder conter o desejo. Ninguém falou nada do que ia acontecer. Entrou comigo no hotel, deixou as malas no chão e a bagagem mais querida ele colocou em cima da cama. E comeu, Edite, comeu e repetiu. A bagagem era eu. Você reprova, Edite?

– Eu não reprovo nada. Eu te admiro, você é o meu modelo ideal de velhice.

– Sempre gostei de amar e de viver, Edite, e quero morrer apaixonada e, se possível, morrer de amor.

Não quero que ninguém fale mal dela por causa de sexo, por causa de preconceito, por causa de prazer na terceira idade. Nem sei onde está agora, se no Uruguai, se no Brasil, se já fez 100 anos. O que não quero é ninguém falando mal de velho que tem vida sexual. Isso eu não admito, envelhecer não significa dizer bye bye, vida. Envelhecer não precisa querer dizer adeus sacanagem, ainda mais na velhice, lugar de exercício absoluto da liberdade. Portanto, se quando ela morrer falarem mal dela comigo por causa disso, vou chamar essa pessoa de invejosa, na cara. Faço escândalo no meio do enterro e grito bem alto nos olhos de quem criticou: Sua IN-VE-JO-SA. Tá com inveja da defunta!! Pronto, falei.

14

Cassandra dirigindo tranquila, sinal fechado, vidro aberto, quando, subitamente, na janela do carro surge uma cara de olhos arregalados, cara ostensiva impondo piedade. Na marra.

– Me dá um dinheiro aí!

Cassandra se assustou, eu vi. Fiquei muda. Sem reação. O mundo é bom e mau. O mundo às vezes parece a cara deste homem assustador e assustado que chegou ali.

– Não tenho dinheiro.

Cassandra disse que não, mas tinha sim. Foi o medo que negou. O medo saiu na frente. Eu quase peguei um dindim moeda que estava no meu bolso direito, porém tive medo de me mexer e o homem se sentir ameaçado. Congelada estava, congelada fiquei, naquela interminável hora de sinal fechado. Tá demorando. Será que aumentou o tempo do sinal vermelho, gente? Que demora.

O homem olhou pra Cassandra com raiva por conta da negativa, enfiou pela janela as mãos com a sacola de moedas que trazia, e explodiu agressivo:

– Pega aqui então! Você não falou que não tem?! Toma, vamos dividir! Pega!

Cassandra ficou paralisada. Ela é muito generosa. Se arrependeu de ter negado e estava achando aquilo já parte do castigo por ter mentido. Neste momento o sinal abriu. Mágica. O socorro do mistério que muitas vezes chega na última hora se espalhou em salvamento pra nós. Aceleramos. Salvas. Cassandra com lágrimas nas bordas dos olhos me disse:

— Edite, aquele homem está em sofrimento, por que o tememos? O que nos assusta na miséria do outro? Edite, estamos fugindo de quem precisa de nós? É isso?

Tive vontade de dizer que eu só estava de carona. Seria covardia minha. Fiquei muda. Eu era cúmplice da minha amiga Cassandra. Eu podia ter pegado a moeda e mudado o destino da cena. Mas não.

— Cassandra, eu também sou miudeza. Eu também sou aprendiz. Vamos rezar para os Deuses estarem distraídos e não terem visto essa nossa fraqueza? Vivemos numa sociedade que é mesmo podre de cabo a rabo a pirâmide social!

Só aí Cassandra fechou, patética, o vidro olhando pra mim:

— Edite, mas o que será que a culpa judaico-cristã está fazendo aqui entre nós, na gente que nem é de igreja?

Não respondi nada. Aquele episódio tinha comido minha língua. Se eu pudesse falar perguntaria: Por que você me tortura com pergunta difícil, hein, amiga, por quê? Não sabe que meu coração tem o mau costume de sentir as dores do mundo? Pensei calada. Do nada Cassandra respondeu, já virando a curva pra me deixar em casa:

— O meu coração também é assim, Edite, bobo que dói.

E era como se ela tivesse escutado meu pensamento.

15

Muito difícil imaginar Órion gemendo em outra cama. Difícil mesmo. Nesta hora é ruim ter imaginação independente, desobediente. Me resta fechar a cortina do teatro da minha cabeça. Não quero ver. Aquele pau dele é só meu, ele me disse!

– Mas não foi você também quem disse que Raul Seixas foi genial ao cantar que "amor só dura em liberdade, que o ciúme é só vaidade"...? Não era você, Edite, a moderninha?

Quer saber, vou trocar o sistema de segurança da porta do meu bairro. Deixa entrar todo tipo de gente. Inferno dessa Voz entrando na minha cabeça, sempre me pondo à prova, sempre esse tribunal infame.

– Edite, põe uma coisa dentro da sua cabeça: comigo não tem esse negócio de deixar entrar não. Já tô dentro. Moro aqui. Aceita.

16

Josefine pegou Covid. Fiquei tão triste porque só soube agora, quando ela melhorou. Sempre cuidou bem de mim toda vez que eu precisei. Só uma vez que ela não me ajudou. Foi quando trabalhamos juntas e eu sofri racismo num ambiente de trabalho e ela achou que era coisa da minha cabeça. Coitada, naquele tempo ela não sabia das coisas que sabe agora. Não condeno Josefine não, eu também fiz muita coisa que não sabia e agora sei. Sempre foi muito engraçada. Uma vez teve um fazendeiro que ficou doido por ela. Queria casar, ofereceu-lhe uma casa de janelas com venezianas em Goiás. Usava chapéu de caubói, bota de rodeio e era meio brocha.

– Edite, tá aí uma coisa que eu não nasci pra fazer: gracinha pra pau subir! Como diz minha tia Judite, pau educado levanta para a senhora sentar.

Sempre rio da sua coragem. Coragem bem humorada, fogosa. Deu um beijo só e desnorteou o fazendeiro.

– Não caso com esse homem, Edite, não teve química, beijei ele bem porque tenho técnica. Mas não é um homem que responde, sabe? Eu não devia ter deixado ele sonhar. Demorei demais, Edite, fiz tanto rodeio pra dizer que não gosto de rodeio.

A gente começou a rir. Eu e minha amiga Josefine. Que delícia! E, como eu já disse antes aqui, ela é uma pessoa branca, mas é uma pessoa maravilhosa.

17

Amanhã é dia de eleição para prefeito e eu aqui olhando o mar, pedindo a Netuno um sinal. Ogum grita sua força lá de dentro da lua cheia e eu tomo uma forte dose de brilho lunar. Não conhecia essa praia aqui, no meio do Nordeste, onde vim trabalhar. A COZINHA DA MAMÃE tá fazendo um sucesso! Faço comida de todo tipo: da mamãe vegana, da mamãe tailandesa, da mamãe africana, da mamãe japonesa, da mamãe capixaba, enfim, a gosto do freguês! Faço festa, congresso, aniversário, casamento, jantar íntimo. Agora estou aqui em Natal e resolvi olhar o mar de noite. A festa é amanhã e a gente chegou hoje de tarde.

Do nada, surge na praia uma moça de maiô, cheia de colares de búzios e uma guia azul de cristal. Dançava.

– Como é seu nome, moça?

– Selma Sereia do Cerrado e vim aqui agradecer uma intuição.

E segue cantando, girando, as ondinhas brancas do mar beijando seus pés. De repente uma forte luz como um barco iluminado com bastante velas, desponta no meio do oceano. Que coisa! Era um navio luminoso, julguei que fosse minha esperança de um Brasil melhor. Julguei que era ela quem brilhava reluzente pra que eu não deixasse de acreditar no voto, na escolha. Tomei tudo como um sinal. A leitura de uma carta do baralho da vida. Parecia uma visão a moça, a embarcação.

A sorte é que aqui onde moro a coisa funciona na base da democracia. Doa a quem doer. Uai, cadê a sereia que estava aqui?

18

Zé Molière, nosso querido guru do teatro, não para de me surpreender. Custaram a entender o nome dele. Veio do pai que adorava teatro e conhecia a obra de Molière, um dramaturgo crítico especialista em comédia de costumes, mas até a gente entender isso, o bullying comia solto pra cima dele:

— Zé mulher, Zé mulher!

Era assim que o bairro todo de Itaquari chamava ele. Todo mundo sacaneava, mas sua inteligência voraz e rápida fez com que ganhasse o respeito de todos, já desde muito cedo. Sempre sacava de uma frase contundente e essa frase mudava o destino da cena.

Passa o tempo. Caminhávamos eu e ele, agora, ele já perto dos oitenta anos e mancando da perna esquerda. Vínhamos alegres pela noite paulista. Nos encontramos por acaso. Fui chamada para fazer um jantar de um grupo de teatro que comemorava a milésima apresentação de uma peça que ele dirigiu. Eu gosto do pessoal do teatro; não gasta vergonha com coisa que não interessa. É espontâneo. Saímos da casa de festas duas horas da manhã, caminhando pela rua Avanhandava, atrás de nós um homem, parecendo dependente de crack, nos aborda ostensivo e por trás:

— Me dá um real aí!

Eu disse que não tinha. Zé Molière não falou nada. Andamos mais uns metros. Com olhos ávidos e arregalados ele voltou e repetiu agressivo:

— Tô falando que quero um real!

Insisti que não tinha, apertei o passo e, Zé Molière de braços dados comigo, permanecia andando tranquilo sem alterar o ritmo. Pela terceira vez, o rapaz nos exige:

— Eu quero agora um real, porra!

Zé Moliére olhou dentro dos olhos amarelados do homem e disse:

– Não queremos te dar, a gente tem, mas não quer te dar. E tem mais, eu tô mancando aqui por causa do peso do dinheiro do meu bolso.

A pobre alma ficou tão assustada que, desapareceu na bruma da noite. E antes que eu pudesse ter pena, Zé Molière me interrompeu taxativo:

– Só a verdade salva.

19

Sonhei de novo o mesmo sonho: acordava e Ivete Sangalo estava em todos os comerciais! E o pior, eu queria comprar tudo. Fiquei com medo de que alguém soubesse que sonhei isso e por isso me processasse. Mas eu sonhei, não tenho culpa do meu sonho.

– Como não tem culpa, mulher? Você é simplesmente a autora.

– Como posso ser autora inconsciente, gente?! Me faça um favor? *Can you do me a favor*, dona Voz? Fica fora disso.

Sonhei um sonho assim, só isso. Não criei nada. Ela vendia todos os produtos. Era a garota propaganda de tudo. Eu fui acometida pelo sonho. Não sabia de nada. Quando cheguei à consciência, já tinha acontecido, pô.

Agora, fazer esse trio elétrico na porta do meu pensamento por conta de um sonho? Não é demais não?

20

    Zanine me confidenciou que quando tinha 13 anos fumava escondido. Cigarro normal. A casa era de sobrado na cidadezinha do interior e o pai tinha uma venda embaixo. A mãe cismou que o pequeno recém-adolescente, Nine, estava pegando dinheiro do caixa do pai pra comprar cigarro. Nine era coroinha e acreditava mesmo no céu e nunca, jamais, roubaria de seu ninguém, muito menos do seu próprio pai. Ficou muito puto. Indignado.

    – Mãe, eu jamais faria isso, sua... sua... língua de trapo!

    Dona Zenaide perdeu as estribeiras e num piscar, pegou uma santa que enfeitava a estante da sala onde ela sempre acendia vela e promessas, e a levantou bem alto para arremessá-la na direção da malcriação do filho. Qual não é a surpresa de todos quando de dentro da santa começam a cair vários cigarros. Era ali que ele malocava. Mas não era roubo. Nunca foi roubo. Ia juntando um dinheirinho aqui, um troquinho ali, um mimo de um padrinho, comprava o cigarrinho dele. Mas o flagrante no oco da santa fez a cena terminar em raiva misturada com risadaria. Depois Zanine parou de fumar quando cresceu. Largou o cigarro e se dedicou só à maconha.

21

Acabo de encontrar com Débora. Me acabei de rir. Você vê, ela é mulher, gosta de homem, tem sempre alguém brincando no parquinho dela, mas inventou que tem tendência pra ser sapata, lá na cabeça dela. Desde sempre foi chamada de Bigode, apelido dado por Horizontina pra sacanear afetuosamente o buço generoso da amiga. Me contou que estava andando na calçada, ela e mais dois homens, cada um num ponto diferente, porque não se conheciam. Eram três transeuntes numa calçada, no meio da manhã, quando se ouve uma voz gritando: ô viado! E os três olharam imediatamente para trás, Débora Bigode e os dois desconhecidos.

— Edite, você precisava ver, nós três viramos. Ninguém era viado e todo mundo virou.

— Virou o quê?! Virou viado?

Débora Bigode se acabou de rir da brincadeira.

— Gosto da nossa amizade, Edite, porque força a minha mente.

— Já eu gosto de você porque é generosa, talentosa e inteligente. Ô Debinha Bigode.

Os olhos dela se encheram de lágrimas. Quando criança ninguém reparou na beleza daquela alma de flor. Até hoje ela ama quem a colha e acolha.

22

Vim na Casa Esperança, um armarinho que tem aqui perto que vende de tudo, para comprar um pirógrafo. Quem sabe o que é? A cara da atendente é de quem está por fora. O velho rabugento, marido da boa senhora, responde que tem. Dona Nair tem a beleza escondida. Vai renascer uma linda mulher viúva, eu espero, porque parece que está muito próximo do seu Tristão morrer. Ele está muito amarelo. Ai, meu deus, por que pensei nisso? Depois a morte fica com raiva de mim porque estou dando palpite no serviço dela sem ela pedir e me pega. Perdoa, Iansã. Ou então, se você não for Orixá de perdoar, fala com Iemanjá? Já vem seu Tristão com o pirógrafo na mão, andando devagar. Seu Tristão acabou ficando muito triste na vida. Será que é a força do aumentativo do adjetivo no nome? Não é não, porque tenho uma amiga com esse sobrenome Tristão que é alegre. A moça ficou vermelha quando pedi para embrulhar o pirógrafo. Como estava dentro da caixa e ela não viu o conteúdo, achou que era coisa de sexo. Dona Nair me olhou com olhos oprimidos ocultando bem ocultadinha a mulher que espera a hora de poder ser. Eu soube que seu Tristão nunca deixou a mulher decidir nada. Nem perto do caixa ela chega. "Não confio em mulher, nem na minha mãe", o veterano amarelo e rabugento falava alto para todo mundo ouvir, ver e se ofender. Só o armarinho que eles compraram com o dinheiro que o pai dela deixou, é que ele permitiu que ela botasse o nome: Casa Esperança. A macumba calada dela.

23

Hoje a sala do arrependimento aqui na minha área está pipocando. Está aparecendo arrependimento de tudo que é lado. Até de coisa muito antiga: por que eu não disse na hora? Por que não devolvi logo? O que é que me deu que eu fiquei parada? Por que demorei a pedir desculpa? Podia ter dado um beijo, podia ter olhado pra trás, podia ter admitido logo o meu erro... O coletivo de culpas, arrependimentos, tudo isso se amontoou e eu estou perdida. Paralisada numa estrada com muitas entradas sem saídas. Que isso? Quem inventou o pecado, inventou a culpa e sacaneou a gente! O pior de todos é o pecado original. Sacanagem. A pessoa já nasce com pecado sem saber. Embutido. Ai, ai, a verdade é que tenho inveja dos que nunca se arrependem de nada. Inveja é pecado. Puta que pariu. Xingar também? Fudeu.

24

Minha avó dizia: "Se eu soubesse não adianta." Ela tinha razão. Quando a gente diz "ah, se eu soubesse que ia chover, tinha vindo com uma capa", está tendo uma reflexão inútil, porque é fato que não trouxe a capa e é fato que choveu. O "se eu soubesse" sempre chega atrasado. Coitado. É do destino da frase. O "se eu soubesse" é uma frase, uma expressão. Será que frase é uma palavra trans?

Volta pra casa, Pensamento! Passa aqui! Quieta! Vem! Vai deitar! Pra casa, Pensamento, agora! "Sit, sit".

25

— Quando você sai marcando assim no meio a xoxota, é a primeira coisa que se olha.

— Mas não fui eu que rachei minha xoxota não, meu bem, ela já nasceu assim. Paciência.

— Assim como?

— Dividida.

— O que é que você quer dizer com isso, Edite?! Não gosto quando você fala assim, insinuando outra coisa.

— Entenda como quiser.

Falei e saí rebolando. Agora na rua vem vindo um homem de braços dados com a sua honrosa esposa. Tem cara de esposo, bigode de esposo, roupa de esposo. Cruza comigo na calçada e bate o olho direto na minha buceta. Coitado, ficou tão sem graça. Vi que não foi culpa dele, foi o olho que puxou. Graças a Deus a mulher não viu, se não, até podia jogar uma praga na minha bichinha. Ainda bem. É por isso que sempre que eu posso, pingo umas gotinhas de alfazema, umas gotinhas leves de água de jasmim na minha gaveta de calcinhas.

26

Tá tudo muito plugado. É assim que estou me sentindo, precisando de uma tomada para carregar minha possibilidade de comunicação, você acredita? Que chato, estou na cozinha cortando cebola, no ombro um celular acoplado que por sua vez está preso na tomada da parede até ter carga suficiente para aguentar o tranco. O que é que é isso? Era isso o futuro? Tô achando sem graça essa parte. E eu ainda não sou das piores, hein?! Conheço gente que tem que levar na bolsa, além do carregador, uma prancha elétrica para fazer manutenção da franja na festa!! Tenho pena. A pessoa concentra muita energia na franja. Já vi isso acontecer com Sueli no churrasco. Ela tá que bate cabelo, tá que volta do banheiro com a franja cada vez mais esticada. Reinando. Nada, nem a fumaça da linguiça defumada ameaçava sua performance capilar. Teria sido o dia mais feliz da vida de Sueli se não tivesse chovido. Tô até chorando aqui. Acabei cortando cebola demais.

27

    Deus do céu, putaquepariu, que dor no quadril do lado direito! Será o ciático, minha Iemanjá? Muito difícil esse incômodo para me abaixar. Isso definitivamente não combina com minha alma serelepe. Na verdade, a Voz está aqui rondando meu pensamento querendo que eu repita minha avó: "Ai que dor nos quartos", dizia ela. E então eu, pequena, passava uns ventos de horas pensando em onde seria a sala então. Mas o texto dela variava. Tinha dias que era: "Êta, dor nas cadeiras". Minha avó mobiliava o corpo? Que doido. Por isso que chamam o corpo de casa. Tem um verso de um poeta chamado João Cabral de Melo Neto que eu acho que fala em "percorrê-la por dentro, visitá-la em seus corredores e salas". Tratando o corpo como casa mesmo. Mas quando a gente é pequena, não sabe dessa literatura adulta. Eu só achava meio engraçado o que hoje sei que era metáfora. Gostava mais de dor nas cadeiras. Eu achava que bunda e cadeira eram irmãs. Se não fosse, quando eu crescesse, saberia. E hoje, sem dar explicação, o negócio pegou em mim. Mistério do tempo.

28

    Ana Tíbia insiste em nos fazer viajar pelo nosso corpo. É a professora. A aula é online, chama-se Esqueleto Articulável e a gente ali se sentindo o próprio Gepeto manipulando Pinóquio. Só que o Pinóquio sou eu, é cada um. É sério. Não é mentira. Ela manda a gente fazer o abdômen sorrir!!!! Como é que pode? Muito doido. E o pior é que a gente entende e vê o abdômen sorrindo. Ela acusa a coluna da gente de sofrer de burrice bípede, mas ninguém se ofende e é tudo na doçura, tudo falado com delicadeza. Ana Tíbia é carinhosa:

    – Mariadefatiminha, levanta mais um pouquinho a perninha? O corpo não é um bloco, gente. O tórax é articulado e articulável. Por isso esse nome "cintura pélvica", por isso existe a sanfona das costelas, o fole. Parem com isso de pensar a coluna como um cabo de vassoura. Nada disso. Quem enrijece a coluna enrijece a vida e, rígido quebra fácil. A coluna é sinuosa, é cobra.

    Ana Tíbia é irmã de Ana Fíbia. O pai, seu Bola, preparador físico de grandes times, estava seguro de que estes dois ossos da perna são estruturantes na caminhada do ser humano, são suas firmes hastes. Por isso as filhas receberam o nome destes dois ossos precedidos da palavra Ana, para ficar bem composto. E agora? Estou pensando isso durante a aula e me perdi. Foi culpa dela. Teve uma hora, uns minutos atrás em que Ana Tíbia disse: Pensem nos braços como asas.

    Aí voei.

29

Lá vou eu feriado agora, ser responsável por um almoço pós-vegano para um grupo de yogues transcendentalistas que pediram um banquete vivo. Tô só no tutorial, fuçando cursos e dicas. Ainda bem que são ingredientes etéreos, a maior parte deles é feita de luzes. Ou seja, vou levar pouca mala.

30

Êba, delícia! Eu gosto da minha comida. Não é por estar na minha presença não, hein, mas meu tempero tem borogodó. Agora, tem uma coisa, o pessoal rico quando eu cozinho, hum... mas ô pessoal pra comer! Parece que estava preso. A ricaça do condomínio Old Alfaville me chamou de novo. Deve ter acontecido alguma merda. Sempre que alguma coisa bapho acontece aqui, eles fazem uma festinha por cima. Põem fragrância francesa em cima da merda e convidam sempre umas mesmas pessoas. Parece até seita, mas o assunto é regado à mais alta hipocrisia com segredos compartilhados para serem traídos depois. Carlota Fiorinni Zangoni Freitas Bastos disse que a festinha dela tinha que ser hoje. O marido foi denunciado. Corrupção. Pensa que ela me disse a verdade?

– O Corrêa está com umas questões para resolver fora do país, uns investimentos nossos e teve que viajar às pressas.

Na panela um alhozinho fatiado em finas lâminas doura no fio de azeite e numa colher de manteiga. Daqui já ponho as passas pra que amoleçam e se integrem às cebolas em delicadas rodelas. Na sequência, creme de leite sem lactose misturado ao shoyu. Acrescento um pouco de cenoura ralada que dá mais fibra ao prato. Pronto. Despejo aí meu talharim. Eu que fiz a massa! Aprendi com dona Zenaide, mãe de Zanine. Ô mão! Quer saber? Pra mim Corrêa fugiu. Saiu saindo. Ladrão. Mãe Dadá me disse que é pra eu não dar mole, chegar no hotel e tomar um bbanho de mirra e ainda me avisou que pediu pra Seu Tranca Rua não deixar eu estar no meio da corja na hora errada.

Morro de medo de ladrão branco. Diz que são os piores.

– Edite você quer dormir aqui? O quarto de hóspedes está lindo, tooodo reformado. Se não quiser, Tião te leva no hotel depois.

– Vou pro hotel sim, Carlota. Minhas coisas estão lá. Eu estou vendo uma série de culinária africana. Enfim...

Tudo mentira. Eu estava era cansada daquele ambiente de "gente de bem". Eu e Tião viemos no carro falando da vida. Do aniversário da sobrinha dele. Da minha comida.

– Edite, com todo respeito, hein? Ô tempero.

Quase beijei Tião. Não pode elogiar a minha comida que eu fico querendo dar para a pessoa. Sou muito dada. Saí sem rumo do carro, agradeci. Gostava mais da minha vida e da do Tião do que das vidas daquelas pessoas. Quando entrei no quarto do hotel, quem estava me esperando, sentada na cama, de pernão cruzado, decidida a uma profunda DR? Dona Ética:

– Edite, até quando você vai continuar cozinhando para essas pessoas do mal só porque elas pagam bem?

31

    Mas espia só... na ponta da calçada, do lado de lá, vem vindo um homem muito bonito. Difícil ver um tipo desses no meu bairro. Do jeito que eu gosto. Tá vindo da pracinha. Vem chegando perto. Olha, que andar charmoso. Hum, que cheiroso. Tá de máscara. Acho que eu conheço. Ihhhhh, é meu marido, abafa o caso, abafa o caso. Tenho que trocar de óculos.

32

De repente o tempo me jogou no colo daquela manhã em que meu querido casal, Thábata e Marlene, me chamou para comer uns caranguejos lindos que havia trazido do mangue. Zanine chegou na casa na hora de preparar os caranguejos, levando um cachimbo com uma erva que ele mesmo plantara e desenvolvera. Quem fumava não sossegava enquanto não fosse uma pessoa certa, direita, consciente. Parece que o negócio afetava a sala de justiça na cabeça da gente, o Xangô que nos habita. Thábata fumou e ficou me olhando com olhos inquietos. Parou o olhar como se não estivesse mais ali e foi falar com Marlene. Depois voltaram as duas da varanda aos prantos:

– Gente, vamos devolver os caranguejos, não é justo, o lugar deles é no mangue!

Clima. Denso silêncio. Ninguém disse nada. Que loucura era aquela? Comer caranguejo não era o programa do dia? Marlene no volante muda o rumo, muda o curso do dia em direção ao mangue para a cerimônia da devolução. Fomos todos. O cheiro do fumo manga rosa recendendo na estrada. Os caranguejos aliviados vendo o revés do destino. Todo mundo culpado. Éramos predadores arrependidos. Até quem não tinha comprado os bichos ia comer, então, também era cúmplice. Quem puxou tudo foi Thábata. Dona de uma culpa ancestral, jamais suportou a própria inocência.

33

  Vim dar um curso de culinária capixaba na Bahia. Quem acredita? Eduardo Sidney tá de gracinha. Um aluno que é psiquiatra, sedutor, cozinha por hobby e tem especial apreço pela cozinha do Espírito Santo.
  O segredo da moqueca capixaba está proporcionalmente inverso ao da também deliciosa moqueca baiana, disse eu, diplomática, mas também sincera. Pode acontecer. E é melhor que o seja. A moqueca capixaba tem seu segredo no coentro, tomate, cebola, na água do próprio peixe, e em não ter nela leite de coco e azeite de dendê. Estes que tornam especial a baiana. A cozinha é alquímica.
  — Assim como os temperos sensoriais do sexo, professora Edite?
  A pergunta maliciosa veio de Eduardo Sidney dando uma de gostosão, sensualizando os gestos, a cara, e eu continuei sem dar muita trela. A mistura dos elementos, prossegui, é especial de cada mão, depende mais do misturador do que das doses...
  — Pois eu sou especialista em misturar corpos.
  Todos riram. Preparando com cuidado a moqueca nessa aula prática, deitei as postas de peixe Namorado sobre a camada dos temperos já com o colorau e, ao mesmo tempo, pedi a Eduardo Sidney que me passasse uma colher de pau.
  — Claro, pra você, ou melhor, pra senhora, colher de pau toda hora.
  E deu uma gargalhadinha, me entregando uma colher muito pequena para aquela grande panela de barro. Percebendo meu desaponto, imediatamente, Marisa, uma outra aluna, novinha, com traços e jeitos masculinos que lhe caíam muito bem, apressou-se em me dar uma outra colher adequada para aquela manipulação e proporcional à panela. Foi quando eu disse com tranquilidade:

— Nossa, o pau da Marisa é bem maior que o seu, Eduardo Sidney.

Foi quando ele avançou em mim e me mordeu! Juro, Eduardo Sidney, o cachorro baiano, me mordeu! Só que era um homem. A primeira coisa que eu disse foi: Esse bicho tá vacinado? Ficou a marca no antebraço, ele avançou em mim!! Rosnou e tudo. Eu e todo mundo ficamos achando que eu falei a mais pura verdade, só podia. Será que o pau da Marisa era maior do que o dele mesmo? Tanta besteira esse negócio de tamanho de pau. Não garante nada. Cada um com seu encaixe, com seu par. Ai que besteira também risadinha por causa de sexo. Grandes coisas.

Acabei ficando dois meses em Salvador e amiga da galera. Conheci Fiódor, namorado de Eduardo, que confirmou comigo o contrário do que a reação dele parecia revelar: "Edite, encontrei o homem ideal. Eduardo Sidney é ativo, tem um pauzããão e eu adoro ser passivo. Alma gêmea". Fiquei pensando: foi então isso que o ofendeu, diminuir o pau na frente do seu dono? Não é mole!

É, como a vida é. Sai daqui para dar um CUrso de CUlinária. Isso tudo sem saber que no meio da história ia ter colher de pau, o namorado do aluno e o velho assunto do Cu no começo, no meio e no fim da história. Êta mundo.

34

Que sorte a minha ganhar essa bicicleta do Órion. Linda, uma mistura de vermelho com laranja. Órion que inventou a cor. O homem tem mania de pintar tudo. Comprou a bicicleta de segunda mão, lixou, raspou, pintou e ela ficou de primeiríssima, parecendo nova. Um dia falou:

– Enquanto pinto sua bicicleta, Dite, estou te amando.

Fiquei emocionada com aquele "eu te amo" calado. Fiquei pensando em porque ele pinta tanto. Às vezes ele fala "vou lavar a varanda", e daqui a pouco a varanda está pintada!

– Você gosta de passar esse pincel quando tá perto de mim, Órion?

– Amo! E você, pinta com o meu pinto?

Chovia. Nós dois em casa. Pandemia. Pintei o sete.

35

Esse negócio de criancinha babando, presa na tela do celular, é mesmo um filme de horror. Tem gente dando de mamar segurando um celular na frente dos olhos do bebê. Socorro! Esse tema devia envolver a UNICEF, o Estatuto da Criança e do Adolescente! E os blogueirinhos deveriam ser protegidos pela Organização Internacional do Trabalho, que combate o trabalho escravo e a exploração da mão de obra infantil. Não gosto de criança pequena fazendo selfie.

Estou pensando nisso, enquanto enrolo uns brigadeirinhos pro aniversário de quatro anos de Urano, meu afilhado, filho da Horizontina. Ela disse que vai proibir a entrada de celular na festinha, graças a Deus! E ainda avisou aos avós do aniversariante, seus sogros, que ameaçaram dar um tablet para o menor que, se ele ganhasse tal máquina, ela confiscaria. Achei corajoso. É preciso ter muita coragem mesmo pra remar contra a maré.

Narciso é bicho vaidoso, fica no fundo dos espelhos desencaminhando a gente. Atiçando a vaidade de um jeito torto, acionando competição. Faz a gente ficar se achando. Faz a gente ficar pensando que é o maioral! Narciso pode inflar a ilusão que temos de que somos melhores do que os outros. Por isso não é coisa pra criança. É cedo pra self.

Acho tão bonitinho enrolar os brigadeiros nessas bolinhas coloridas. É um tipo de divertimento visual. Me agrada. Do mesmo modo ou pela mesma estrada, eu amo confetes de carnaval e bandeirinhas de São João. Tenho certeza de que pelo fato de serem coloridas e juntas formam o mote principal da minha atração. Da mesma maneira, sempre achei bonito papel de bala! Lindo! Elas todas juntas num saco, numa caixa ou pote, festa para os olhos. Olha que pode vir daí o meu amor pelas jujubas e por uma bala que tinha na minha infância, chamada "Delicado". Quando Caetano e Emília eram pequenos, fazíamos juntos os brigadeiros. Emília casou e mora em Portugal. E Caetano é filósofo e oceanógrafo. Vive escrevendo livros, estudando a relação da natureza com a filosofia, estudando altas cartografias em reservas ecológicas por esse mundão. Aqui em casa é assim, a família gosta de andar no mundo. Vai ver tem cigano na estirpe, na árvore, e ninguém sabe. Ficou bonitinho esse pratinho de brigadeiros. Ganhei de Maria Alice essa bandejinha suspensa de vidro azul escuro, um azul que habitava as louças antigas, mais do que hoje. Pronto. Fiz uma boa quantidade. Brigadeiro é uma unanimidade. Até quem não gosta, gosta. Um dia, cheguei ao cúmulo de falar que não comia brigadeiro ao mesmo tempo em que segurava um na mão, na frente de todos e, ato contínuo, me vi botando o danado na boca imediatamente após minha fala. Fiquei com uma vergonha daquela contradição explícita! Se eu pudesse, mentia, dizendo que o brigadeiro entrou na minha boca sem eu pedir. Me dá uma satisfação enorme fazer coisa pra criança. Sempre acho que conta como ritual de obrigação, de gratidão aos erês. Só eles podem com Exu. "Lá na mata tem cachorro do mato, catinguelê. Chamei minhas crianças pra vir me defender...". Parece que eu tô ouvindo a voz de Clementina de Jesus, tocando num baile dentro da minha cabeça.

    Contei cento e vinte e dois brigadeirinhos cobertos por bolinhas coloridas e mais setenta e oito cobertos por bolinhas prateadas. Juntando dá duzentos. Tô com vontade de comer um, mas não quero desinteirar. Estou oferecendo às crianças essa macumba feita de tarde para um aniversariante que faz anos no dia 27 de setembro. Aceita, erêzada? Neste meu ritual está indo meu desejo de defender as crianças de uma vida individualista, centrada em imagens, em selfies, em seguidores, uma vida vazia, só de aparências. Quero defender as crianças de amarem sua própria imagem antes de saber quem elas são. Será um desastre. Eu tô defendendo as crianças. Nesse aniversário vai ter bola de soprar, palhaço, mágico, máscaras, fantasias, pinturas, instrumentos espalhados pela festa, brincadeiras que ainda vão ser inventadas lá. Brincadeiras de criança. Quando elas podem ser acionadas em seu estado lindo, seu tempo puro de inocência, o mundo respira melhor. Acho que se pode comparar à força de uma floresta virgem, uma floresta que ainda não foi devastada, invadida, queimada, vendida, serrada, ofendida, vilipendiada, manipulada, a ponto de ser quase uma anti-floresta. Ô meu Deus, criança, alicerce dos adultos, deve ter direito à sua própria natureza e, como qualquer semente, crescer e dar frutos no seu tempo certo. Ninguém sabe no que vai dar essa gente que só olha para o seu próprio umbigo e cresce achando que a vida na tela é melhor do que a realidade. Eles estão assistindo os pais viverem para postar: postam prato com comida, postam beijos, postam afetos, nem sempre tão bonitos no seu avesso.

    Agora me diz, será que preciso fazer esse nhenhenhém todo na minha mente por causa de uma festinha de criança? – Ah, me deixa, Edite, me deixa.

36

Exausta e feliz, como é possível dormir? Fico vendo Órion. Lindo. Dormindo ao meu lado parecendo um príncipe. Negro. Lindo. Órion brilha e rebrilha na noite quieta. O viajante descansa o corpo depois da labuta e da estrada. Meu corpo também está cansado da labuta, mas estou desperta, vagalume discreto em meio à noite estrelada sobre o prédio, sobre o andar de nossa casa. Que boca que Órion tem. Huuumm, delícia. Achando a TV chata, quero lembrar é da vida real. Assisti-la, acompanhar por série cada capítulo de existir. O ventilador, sem saber no que pensei, esfrega no meu nariz o cheiro gostoso dele. Deu cachorrada em mim, mas fiquei sem coragem de futucar. Tá dormindo. Bobagem minha. Lá em Mar de Espanha, perto de Juiz de Fora, quando viajamos, ele falou pra mim na casa de minha tia onde a gente dormiu:

— Ó, meu chocolate, pode me acordar pra fazer amor a qualquer hora da noite, tá meu amor?

— Posso acordar pra fazer amor e pra fuder também?

Rimos muito. Nosso amor é alegre.

Peraí. E se não aconteceu nada disso, gente? E se for tudo coisa do meu pensamento? E se, ao mesmo tempo que eu tô pensando que eu tô vivendo, for estado de sonho? Tem gente que afirma que a gente é um sonho de Deus e morre quando Deus acorda. Pensamento maluco, né? Pensamento de doido. Mas não posso falar mal do pensamento dos outros. Não tenho moral. Tô agora zanzando nos salões do meu e as coisas estão tão barulhentas dentro da minha cabeça que eu tô até com medo de Órion acordar. Ainda bem que o sono tá vindo. Estou gostando dessa temporada da minha vida. Vou dormir pra continuar a sonhar.

37

Menina de Deus, me amarrota, me amarrota que eu tô passada. Me belisca, me belisca que eu vim cozinhar na casa deste homem maravilhoso nos States.

Eita, que eu tô é muito chique, hein, dona Dalva, minha mãe querida! Chique. Tá me vendo aí do céu? Tá acompanhando? Pra isso virou estrela, né?

Um frio da porra, vim logo depois do réveillon. Inda bem que Horizontina fala inglês e veio também. Exigi: só viajo com minha equipe, pois senão vou ter que dar um workshop na América pra ter uma assistente à altura da cozinha brasileira. Mas ô home gato! Não é mais presidente, mas pra mim é o poder. Gente, eu tô falando é de Obama. Eu nem acredito. Chegou perto de mim na cozinha e falou:

– Fiz questão de oferecer comida brasileira para minha família que sempre vem para cá, para essa casa no bosque, para comemorar festas estritamente familiares. Acho a brasileira uma das melhores comidas do mundo!

E falava um inglês devagar, eu querendo fazer leitura labial, mas me dava um negócio e eu me perdia olhando pra boca do homem. Virgem Maria, um homem daqueles na cozinha?! E dando sopa? Falando inglês e comigo? Sou fraca não. Horizontina traduzia brincando. Ela disse que ele disse que eu era uma mulher muito linda. Tem gente que inventa na tradução, mas eu não sou burra de todo e ouvi *beautiful woman* muito bem.

Falou também que ele disse:

– Foi com o Lula que aprendi a amar o Brasil profundamente. O melhor presidente que já conheci!

E saiu andando todo charmoso, todo negão, todo gostoso... putaquepariu... Cheguei até a pensar em inglês: *Fuck me, fuck me.*

Ai meu Deus, agora me sai Obama e me entra Michele na cozinha! Chegou curiosa com meus temperos, provando tudo. Ô bicha bonita! Tive vontade de perguntar: por que você não assume o crespo, Michele? O mundo quer saber. Já pensou você trançada? Ia ficar mais linda de maravilhosa. *Wonderful*, gastei. Me olhou por um segundo, mas disfarçou elogiando as cores da minha moqueca.

– Resolvi fazer a melhor, a capixaba!

– Mas a melhor não é a baiana?

– Há controvérsias. A baiana é uma moqueca muito boa, uma beleza, mas é mais densa enquanto a capixaba é mais leve. Você vai comprovar. Este vermelhão que você tá vendo aqui que o caldo fica, é do urucum.

Se eu fosse sapata, beijava a boca de Michele tentando falar urucum. Se Tarsila tivesse vindo, beijava a boca dela pra mim. Horizontina diz que é bissexual, mas então, por que ela não ficou olhando a beleza de Michele igual eu fiquei? Ih, Michele saiu. Horizontina disse que Obama gostou da minha bunda e do meu vestido florido sob o avental.

– Para de traduzir este homem, Horizontina, que eu tô passando mal.

– Tá bom, vou ficar calada, mas descobri uma coisa que você precisa saber.

– O quê?

– Ouvi dizer que Obama é PT.

– Mentira! Gamei.

38

Só me faltava essa. Eu na padaria e esse homem com cara de punheteiro me olhando sem parar!! Deve guardar a imagem para depois descascar a banana pensando na gente. Também não tô aqui para condenar o punheteiro. Quem não é?

Hoje aqui dentro está essa peleja: uma fala, a outra responde, uma diz, a outra questiona, a outra desdiz. Também, quem mandou passarem a reunião para a sala do paradoxo?

Que engraçado esse cara. Não tem cara de amante. Deve chegar na cama e ficar doido para ver televisão. Parece também que é objetivo. Focado na entrada da casa da gente. Fixado na portinha que muitas vezes vai dar no coração. E outras vezes não. Ah... tem homem que só quer saber de entrar na gente sem cerimônia, sem salamaleques, sem gracinhas, sem carícias, sem chamego, sem beijinho, sem linguinha, sem dedinho, sem mãozinha. Um homem seco. Diamantina falou que Ulisses demora a chegar e quando vem não beija não, vai direto no assunto. No assunto cabeludo. Estão namorando há um ano, e neca de beijo.

– Diamantina como é que você aguenta isso?

– Não, não, Edite, dessa segunda não passa! Vou perguntar pra ele, na cara dele, o quê que acontece, se ele tem algum problema de beijar na boca direito? Por que é que ele não me beija, beijo mesmo, com língua? Qual é a questão?

Meu Deus do céu, já fui lá em Diamantina, peguei dois ônibus dentro da minha cabeça e o punheteiro tá que me olha. Tem cara de nerd. É bege, cor de computador. Cor de macarrão. E acaba de comer uma espécie de cheeseburguer cheio de maionese. Se lambuza todo. Pinga um pingo grossão no balcão. Gosto de homem, mas me deu nojo. Meu deus, quem cuida da cabeça da gente? Por que estou castigando tanto esse homem com meus conceitos? Quem pode ser culpado só pelo que deseja. Nem conheço o cara, para com isso, cabeça. Quem sabe o punheteiro se chama Alfredo, é casado com Dona Clarisse, que tem uma bunda que o incendeia? Vai ver Alfredo é até bom de cama e o meu pensamento deu com os burros n'água. O que é ter cara de amante? Por que tanta confusão com um homem, um ser humano que deseja outro? Agora que olhei pra trás, vi que tem mais gente na sala do paradoxo querendo que eu conclua logo esse pensamento, se inscrevendo pra falar. É triste ter preconceito. Larga disso, meu pensamento, deixa o punheteiro em paz, desejo não é crime. Preconceito realmente não é bom companheiro.

39

Foi só Ana Tíbia, na aula de Esqueleto, falar que era para a gente pensar nos pés soltinhos como se fossem as orelhas... pra Maria Alice danar a rir. Ai, ai, irmãs capetas não deveriam fazer aulas juntas. Desde pequena que eu provoco risadas nela, e desde pequena ela ri da coisa que ela imagina a partir do que eu falei. Com certeza ela viu realmente os pés nos lugares das orelhas e não suportou a metáfora. Maria Alice é fraca para riso. Eu acho bonito isso, essa fraqueza.

40

Eu na cozinha da bispa tá sendo engraçado. Bispa Celina é uma mulher toda trabalhada no linho, no tailleur, metida a chique de revista. Acho ela estranha, algo não bate. Homofóbica pra caramba, fica afirmando que não tem nada contra gay mas não acha coincidência não ter nenhum caso de homossexualidade em sua igreja, segundo ela. Costuma dizer que "quem tem fé, não tem dúvida. Homem é homem, mulher é mulher. Simples assim". Mas o que é que estou fazendo aqui? É a conversão de Maura, irmã da bispa, que sempre foi do candomblé. Celina me chamou pra cozinhar comida baiana.

– Não quero que ela pense que sou contra o candomblé, Edite, eu só sou a favor de Jesus, entende? Então quero acarajé, moqueca, frigideira de maturi, tudo que for da cozinha deles. É como uma demonstração de tolerância minha, sabe, Edite?

Falou isso e eu fiquei observando Horizontina batendo ovos para a frigideira de maturi. Mabel que ensinou pra ela e eu acrescentei meus segredos também. A gente jura que tem algum marisco, e é vegano o prato. Feito com a castanha.

– Dite, a Cristal é experiente, menina. Acho que ela já tinha transado com mulher. Não é possível. Ou então procurou na internet e aprendeu.

– Por que você tá falando isso, Horizontina? Se apaixonou pela menina?

– Que menina o que, Edite? É mulher feita. Experiente. Cristal me chupou tanto, mas tanto, Edite, que acho que estou até com cistite!

– Uai, pra mim chupar curava. Inflama é?

– Não, Edite, é cistite de lua de mel que chama. De tanto "trabalhar". Embora tenha sido apenas nossa primeira noite.

Conheci Cristal ela era uma garotinha, sete anos, já era sapatinha mas eu não acreditava não, achava que era cedo pra rotular. Nisso, enquanto falo isso, bispa Celina volta à cozinha e pega a gente no meio do papo. Pra disfarçar, Horizontina começou a botar masculino nos nomes das mulheres. Achou melhor que interromper o papo e causar desconfiança na cliente. E continuou.

– Ah, Edite, o Cristal é um homem muito diferente das outras, ops, dos outros.

Mexeu comigo mais que Arleno, Glório, Melino, Cristino, e até mais que...

– Mais que o Margarido?

Horizontina ficou muda. Deu vontade de rir.

Dona Bispa pegou a champanhe no congelador e perguntou:

– Estão falando de amores? Ainda bem que o meu é fiel, pois é Jesus o meu amor. O meu único amor. Nunca tive um único namorado. Estou virgem para ele, reservada para o meu senhor. Jesus não me quer com ninguém.

Eu e Horizontina falamos juntinhas: Amém. As duas rindo por dentro, de nervoso. A bispa saiu.

– Então, Edite, você se lembra do que eu passei com a Carmo? Lembra? Eu já estava casada com Humberto.

Horizontina é gilete. É bi mesmo. Já casou duas vezes com homem, que eu sei. Mas no caso de Carmo não seria Carma o contrário? Horizontina quer mais Carma? Por causa disso a gente ria tanto. Bispa Celina tem cheiro de motel. Essa bispa pode não ser boa bisca. Não sei por que, mas não vou falar isso pra Horizontina.

Vou só pensar. Tenho medo de ter câmera aqui. Hoje o jantar é pra comemorar a conversão da irmã Maura, mas ouvi muito bem bispa Celina falando pra mãe no quarto:

– Mãe, por mim eu andava igual a um homem. A igreja é que salvou de eu ser até trans. Deus me livre, tá amarrado em nome de Jesus! De qualquer maneira, tenho que andar bonita, né? E nem pensar nesse desejo que eu tenho por dentro, cruz credo. Vou me concentrar no meu objetivo e na minha Fé. Não posso andar esculachada, afinal, no próximo pleito, vou me candidatar. E se Deus quiser, pastor Flaviano vai me apoiar.

O duro é ter que pensar tudo isso calada, porque se eu falar com Horizontina é capaz de ela se desconcentrar, errar as batidas das claras e não chegar nunca ao ponto certo da clara em neve. Graças a Deus meu pensamento possui essa tela de proteção invisível que o gênio me proporcionou. Daqui, vejo tudo e de fora ninguém vê nada. Até perguntei para o gênio por quê. E ele me disse: simples, usei vidro fumê.

41

Quando fui casada com Orestes eu já tinha o Caetano e a Emília. Eram quase adolescentes. Orestes gostava deles. Não sei por que lembrei disso, acho que é porque estou fazendo estes pasteizinhos de massa caseira, recheados com queijo, orégano e lasquinhas de damasco, que eles adoravam. Eu não me apertava. Damasco não era coisa de todo dia lá em casa, então eu colocava nem que fosse uma lasquinha de goiabada, mas eu botava. Emília falava:

— Mamãe, adoro o gostinho dessa frutinha quando aparece dentro do pastel. Gostinho doce. Parece uma surpresa de Deus!

Minha filha sempre tinha essas comparações da cosmovisão que uma criança tem sem saber que tem. O fato é que nessa época eu sonhava em ser uma Edite Maria Braga um dia. Orestes falava:

— E tu já viu uma Maria Braga preta? Não tá vendo logo que esse sonho não faz sentido?

Orestes passava tão bem passado com o trator na minha esperança que eu acreditava nele. Também, quem ia adivinhar que um dia haveria internet e que todo mundo podia ter o programa que quisesse?

— Orestes, mas você não acha estranho isso não? Todo mundo no Brasil elogia a comida feita pelas cozinheiras pretas e não ter nenhum programa de culinária com preta na TV?

— Edite, o que eu acho é que esse negócio de você estar indo nas reuniões do movimento negro com aquela sua amiga Nega Rebeca está mexendo muito com sua cabeça e você está ficando radical.

– Ah, sai pra lá, seu branco azedo! É homem meu, mas eu falo. Aaah, palhaçada! A polícia mata a gente, não respeita, xinga, arromba a porta da comunidade, mata os filhos das mães da favela quase na cara delas, mas se alguém aponta alguma coisinha errada que o branco faz, a gente é que é radical. Me explica isso, Orestes?

– Explicar, explicar..., aaah, me poupe, se eu sou branco azedo por que é que casou comigo?

– Porque, como eu não tenho preconceito, achei que você também não tinha.

Ai, ai, quer saber de uma coisa? Eu fui feliz naquele casamento porque eu era outra. Orestes já foi tarde e, não brinca não, que o meu óleo de coco já tá quente, pedindo pr'eu deitar nele meus pastéis. Meu programa de culinária tá quase. Vai ser um programa diferente. A coisa vai ficar preta.

42

Hoje, agorinha, sem querer eu estava lá dentro do pensamento de Tarsila. Vendo ela cheia de responsabilidades. Eu estava lá, mas tudo sendo visto do ponto de vista dela, lá de dentro daquela cabeça tarsílica que eu conheço bem. O que encontrei foi uma menina que se protege de sofrer e diz que está tudo bem por cima da dor. Falei pra ela:

– Ô menininha, não faça mais assim. Quando for tempo de chorar, chore. Caso contrário, isso vai ficar lhe fazendo mal por dentro. A lágrima, quando você crescer vai entender, dissolve mágoas. Mágoa é solúvel em lágrima, sabia?

– Você estuda química, moça?

– Não, não estudei química, não sou química, mas sei. Eu cozinho, lido com ingredientes e não conheço lugar mais parecido com a cozinha do que o coração da gente. Tem fogo e gelo. Tem cru e cozido. Tem alquimia e transformação.

A garotinha linda de olhos atentos e cabelos negros de Iemanjá-menina me abraçou e ficou ali no meu colo, por um tempo. As perninhas enganchadas em meu corpo como se eu árvore fosse. E dormiu.

Voltei deste passeio amando mais Tarsila, a menina que cresceu. O bairro dela fica perto do meu.

43

Bastou Gardênia falar a palavra Minâncora que eu fui parar lá dentro da latinha da pomada branca, dentro do cheiro de cânfora dela, dentro do vidro de Vick Vaporub, dentro do gosto do óleo de bacalhau, do Biotônico Fontoura, da pomada Violeta Genciana pintando de lilás arroxeado os lábios de dona Santinha, em nossa infância. Gardênia sempre ria de se acabar da boca roxa de dona Santinha. Como ela era magra e amarela, dizia que já tinha morrido. Eu, mais pequena, tinha medo.

Gardênia é o outro nome de Maria Alice. Ela sempre quis ter nome de flor e entre nós ela sempre queria ser chamada assim. Como um pseudônimo: Gardênia Marques! Ela achava que Marques podia insinuar a palavra Marquesa.

Quando quero pedir algo a ela, e está só nós duas, falo:

– Por favor, Marquesa Gardênia...

E ela ri, toda feliz. E, sem saber como agradecer, faz bolo de chocolate pra mim, aquele bolo mágico dela.

Minâncora não, Gardênia. É muito túnel do tempo a esta hora da manhã. Tenho que lavar banheiro, tenho uma reunião online, tenho que bolar um cardápio para uma festa de gente chique .... Iiih, xô. Sai daqui de dentro de minha cabeça, para de lembrar história, para de trazer saudade. Sai daqui, Gardênia, minha amada, que eu tenho um monte de ingredientes pra listar. Sai. Sai. E leva esse boticário contigo, leva.

44

Aniversário de criança. Eu gosto. Fiz o bolo, cachorro-quente, pastel de forno, porque a mãe do aniversariante não queria fritura de jeito nenhum. Achei bom. Falou que o menino está com o colesterol altíssimo. Dez anos! Você vê, as crianças estão nas mãos dos adultos, mas os adultos estão nas mãos de quem? O que me incomoda mesmo nessa festa, não é nem criança com cara de adulta, isso é ruim, parece o fim do mundo, mas ainda não é o pior aqui não. Pior é ver as mães mandarem as babás acompanharem seus filhos na festa do coleguinha. Só aqui tem quatro. Todas pretas, de uniformes brancos, pra ficar bem marcado quem é patrão e quem é escravo, trabalhador em dia de domingo. Não sei como é que esses patrões não têm vergonha, não se constrangem. A festa é racista: de pretos só tem eu, os dois garçons e as babás. Onde é que eu vejo criancinha juntinha assim tudo branca? Nos cartazes de escola particular, nos anjinhos das igrejas, nos clubes e condomínios ricos. Essa festinha aqui é de um Brasil escravocrata. Tô aqui, mas tô ligada. Cobrei caro. E ainda faço análise sociológica da festa. Credo. Festinha cheia de criança tensa, sem alegria. O menino aniversariante parece que já está cansado. Filho de um grande empresário, o menino parece já empresário também. Tem cartão de crédito e tudo. Tá de terno, tadinho. Sempre tive medo de criança de terno. As americanas, então, acho sempre que pode ter uma arma ali. Uma voz interrompe o ambiente e este pensamento com um grito alto e muito raivoso.

– Porra, que estresse! Tô estressado! Nada tá saindo como eu quero. Tô estressado! Vai todo mundo embora! A festa acabou! Tô de saco cheio. Eu que mando aqui!

Era a voz do aniversariante. Aceitei um trabalho de festinha de criança e caí num filme de terror.

45

Horizontina acordou chorando e me ligou:
— Pelo amor de deus, Edite, sonhei o pior sonho da minha vida!
— Qual sonho, mulher? Que horas são?
— São três da manhã, te acordei?
— Claro, né, Horizontina! Fala, o que você sonhou?
— Um sonho horrível: Estava em casa dormindo, Urano quietinho no berço e chega a Cássia Kiss dizendo "Esse filho é meu!". E pega o menino pra ela. No sonho eu corria desesperada atrás dela. Saiu com menino à noite, o céu parecendo que ia chover...
— Horizontina, Horizontina, fica sonhando com artista, cuidado que vai levar processo, hein?
— Não tive culpa, Edite, sonhei, acordei abalada. Será que no território do sonho também cabe processo?
— Espero que não, também já sonhei com artista. Por que será que você teve esse pesadelo?
— Não sei, sempre tive medo, muito medo de roubarem o meu filho, Edite. Por isso eu quis tanto fazer o parto em casa, lembra? Tinha medo de trocarem na maternidade.
— Então, acho que é por isso que você sonhou que a Cássia quis seu filho.

46

Cacildis, o que faço com esta merda sociológica que Joel Kalimba veio me recontar? Tô pondo feijão no fogo, Kalimba acabou de ir embora e não consigo esquecer o que me disse. Fecho a panela de pressão com feijão preto dentro e folhas de louro, acendo o fogo da boca melhor, e vou descascar alho agora.

Mas que delícia este assento, estou sentada no tamborete que mais gosto.

Ainda bem que troquei o forro. Minha bunda merecia um tamborete bom, macio, que aguentasse o tranco. Meu Deus do céu! Como é que um povo sofre tanto e ainda tem que provar pra quem o oprime e mata que está sofrendo e morrendo? Os sobreviventes é que estão segurando esta barra. Nós. Como esquecer os olhos do meu querido Jota Kalimba me contando da nossa dor endêmica e diária?

– Edite, tive que desenvolver um modo mais câmera lenta de me mover, você sabe, né? Para pegar o celular no bolso do casaco, por exemplo, pra pegar o dinheiro... O toque do celular bem alto pra saberem que é o aparelho, não uma arma. É phoda. SSou da paz, Edite, mas tenho que me disciplinar como estratégia de sobrevivência. Estudar meus gestos. É triste estar andando na rua pensando na namorada, (...) na mãe e, de repente, alguém branco te olha, segura a bolsa e começa a andar mais depressa. Parece que fico ouvindo o pensamento dela me chamando de ladrão. Ser homem preto é tenso.

Ai meu Oxóssi, pra que Jota Kalimba foi me lembra disso, desse inferno? Até agora estou com os olhos dele na memória, encharcados de dor e lágrimas grossas, explodindo na tela de minha cabeça, este cinema que não para. Que homem bonito Kalimba é. Parece um príncipe etíope.

– Outro dia, Edite, a Milena, minha vizinha branca "gente boa", me contou rindo: "Vê, Joel, o novo segurança da rua disse que ainda bem que eu contei logo pra ele que você é morador, senão ele podia suspeitar de você quando te visse. E ainda continuou: Também, com aquela cara de bandido que ele tem, né, dona Milena, quem não pensa?"

– Que horror, Joel, que vizinha do mal!

– Edite, você precisava ver a cara dessa Milena rindo, dizendo que não tenho jeito de bandido, que sou lindo. Ela parecia uma mulher grande e boba. Sem noção, também. Rindo de quê? Não tem graça. Mas me deu pena, você acredita? Aquela ingenuidade da branquitude, sabe, aquela perigosa ingenuidade e eu, idiota, ainda tive pena daquela alma! Se existe uma coisa que me dá raiva é quando meu coração sente pena de branco ou de qualquer outro que o oprime. Raiva.

E começou a chorar.

Abracei meu Jota Kalimba com aquele amor entre irmãos, entre tribos, entre povos. Um homem daquele, com o coração do tamanho do mundo e sociólogo ainda por cima, estava virado em menino nos meus braços amigos. Em sofrimento diário e constante, uma pressão. A alta pressão sobre o corpo preto é que gera pressão alta. Todo dia vigiado, olhado, desconfiado, visado. Se corre na rua é ladrão, se anda devagar demais é malandro e alguma vai aprontar.

Nós abraçados naquela hora histórica éramos mais um encontro de povos na diáspora. No abraço havia a certeza de quem chegou aqui primeiro e que fundou a civilização de forma exuberante, embora não façamos tanto alarde. Não dominamos os meios de comunicação, ainda, senão não teríamos permitido que Elizabeth Taylor vivesse o papel de Cleópatra em Hollywood, fazendo pensar que todo o Egito é branco. Até hoje, a arte ensina muito mais que escola, por isso que tem que ter arte na escola. Só sei dizer que fomos nós, os pretos, que, no primeiro lampejo da civilização, inventamos a escrita, a matemática, o papel, a escultura, a arquitetura, a medicina, a engenharia...

Geeeente, vim parar no Egito, como assim? E meu feijão? Esse cheiro, Deus meu! Ahhhhh, queimou.

47

Donato segue me ligando insistindo em repetir aquela noite e eu: ah, tá...

Mas nem vem que eu nunca vou esquecer nem lembrar sem nojo de quando ele juntou saliva e literalmente cuspiu dentro da minha boca! E ainda falou todo animado: "Nojeira me deixa excitado!"

Será que eu não estava tão envolvida? Sou fresca? Nada disso, achei ele nojento mesmo. Cruz credo, pena que dali evoluiu pra cama e eu estava com fome, senão tinha era picado a mula. Só transei aquele dia por fome. Foi um lanche. Mas não é homem indicado pra minha dieta. Sei disso. É a mesma sensação que tenho quando como um hambúrguer. Aquilo não foi feito pra mim.

Ih, ele ligando outra vez. Não atendo. Vai mandar mensagem, quer ver? Tá vendo? "Gostosa, manda um nude que estou com saudade".

A noite estrelada lá fora, Órion deitado ao meu lado. Nem imagina que tem outro tentando descolar uma sacanagem com a mulher dele. Mas não quero, nem adianta me cortejar. Donato foi um equívoco. Cozinha bem, é apaixonado por massas magras, pesquisa. Defende o macarrão fit. Mas com todo respeito, o macarrão dele não me interessa. É homem babão. Vai dar um beijo e asfixia a gente quase, porque a boca engloba uma grande área e num beijo só, ele abocanha nariz e queixo! Um monstro engolindo a cara da gente. "Não, Donato, nem vem! Estou nutrida de amor e estou concentrada neste amor. Não estou disponível, me esquece".

Mandei a mensagem e fui tomar banho para me deitar. Órion, meio dormindo, com o pau acordado querendo me alcançar. Alerta de mensagem chegando no meu celular.

Deve ser Donato: "Mulher fiel me deixa doidinho, sua gostosa!"

Ih, sai fora, Donato, não vou responder mais nada. Vou mandar um não feito de silêncio grave, definitivo. Não sei o que você está fazendo aqui sujando meu currículo! Estou tão feliz aqui enroscada em Órion, dando graaaaaças a Xangô que isto é segredo do meu pensamento. Donato foi um equívoco, um mau passo que eu dei e, como ninguém precisa saber nunca vou ter coragem de contar.

48

Chove fininho. Estou na área da Cinelândia. A malandragem reina aqui. Pudera, é terra de seu Zé Pilintra, minha filha. Viveu nessas paragens. Vim hoje num Congresso Internacional de Culinária Alquímica no Teatro Rival. Estou cansada. Vou dar uma voltinha aproveitando o intervalo do curso. Acabou de falar uma mulher caboverdiana. Fez uma degustação da tal cachaça deles que se chama Grogue. Tomei uma e meia e vim. Me enfiei dentro do sobretudo imenso que ganhei de meu amigo Pascoal, que vive em Amsterdã. Entrei ali dentro. Tão quentinho, cabeça no capuz de veludo e as mãos, uma em cada bolso. No da esquerda, o que é que tinha? Um cigarrinho caseiro, de indígena!! Só pode ser de Pascoalito. Nasceu em Buenos Aires, mas sempre teve costume canábico holandês. Por isso foi morar lá. O cigarrinho deve ter ficado ali, rente à costura, no avesso do pano. Ele nem lembra que está aqui. E eu não sabia, viajei com isso. Atravessei mares. Incólume. Vou fumá esse flagrante então.

Que onda boa. Estrangeira. É sexta-feira e a rua toda vibra. Estou morando dentro do super casaco agora. Não se sabe se sou homem ou mulher. Ninguém me distingue. Sou um capuz caverna sob um sobretudo dois números a mais que eu e que caminha soltando fumaça em meio à névoa da chuva na hora da boca da noite.

A uns quatrocentos metros de mim, vejo um homem velho, alto, de chapéu, barba e bigodes brancos grandes, em frente ao boteco da esquina. Devia ter uns oitenta anos. Desperta minha atenção sua altura, sua idade e sua presença em frente ao boteco naquela sexta chuvosa. Vou me aproximando desse bar e, para minha surpresa, o velho vem em minha direção. Chega quase perto e me parece mais novo, uns setenta anos. Nossa, é Travassos, não acredito, meu amigo querido que não vejo há 30 anos. Sempre gostou de uma birita. Tomava Cinzano. Nunca conheci outro que tomasse Cinzano. Um bom homem, excelente amigo. Uma vez, a gente pobre, eu pedi dinheiro emprestado a ele.

– Não tenho, Edite. Só cinco reais. De quanto é que você precisava?

– Duzentos e cinquenta, conta do telefone. Sem ele não trabalho.

– Diz um número aí então, a gente joga. Dá o palpite que eu aposto os cinco.

Não é que ganhamos quinhentos e dividimos ao meio?

Nunca mais nos vimos depois da partilha. Tomamos caminhos distintos. Ficou a linda amizade guardada no tempo. E agora ele está aqui na minha frente. Uau, a névoa da chuva se dissipou e não é mais o Travassos!? É um homem de uns sessenta anos que não parece nem o velho de oitenta que eu tinha visto com barba branca, e tampouco é meu amigo querido como parecia. Nunca tinha visto aquele rosto antes. Cabelos grisalhos, olhos agudos e inteligentes. Olhando dentro de meus olhos, lançou-me palavras como se me conhecesse:

– Deu tudo certo, né, Edite? A senhora está aí livre, leve e solta, na rua, fumando a erva da tribo dos guaranis, pensando que ninguém te percebe? Mas eu vejo.

Dou um trago, forçando a mente na penumbra da noite... quem é este homem que sabe meu nome e tudo? Quem é este conjunto de rostos, este mágico? Que loucura! Dou outro trago fundo, solto a fumaça e o vento leva a baforada pra cara do meu interlocutor.

– Assim eu não aguento. Posso fumar um pouco?

– Desculpe senhor, mas não tenho autorização do meu Orixá para compartilhar meus rituais...

– Mas eu sou Seu Zé.

– Neste caso, pode fumar, é seu.

– É nosso!

O homem abre ao mesmo tempo uma sacola que trazia na mão e me mostra dentro dela um chapéu do Zé Pilintra além do que trazia na cabeça.

A rua molhada. Eu andando aqui no limiar da ficção e da realidade. Uma cena de realismo fantástico. Não dentro do teatro, mas quase em frente a ele.

– O senhor vai me desculpar, seu Zé, eu não posso continuar aqui porque vai ter encerramento do Congresso e nós vamos confraternizar degustando o resultado de uma culinária alquímica, você acredita?

– Acredito sim. Eu também cozinho. Recebo o alimento que o homem me dá, mas sou eu que estou desde o início dos tempos nutrindo a alma humana, realizando seus desejos, mexendo o caldeirão da esperança para o ser humano não se acabar de vez.

Me despeço rindo pra ele. Não olho mais pra trás. Tenho medo de ele ter se transmutado em névoa. Existiu? Será efeito da erva? Ih, me lembrei de uma calça de quatro bolsos que Pascoal me deu junto com esse casaco. Vou vasculhar o seu avesso. Quem procura acha.

49

Óxente, que mundo é este onde alguém num programa de TV dá testemunho de que viu OVNI, quando tinha acabado de bombardear vários pontos do Camboja? Que mundo é este onde alguém, uma autoridade, consegue falar isso sem nenhum remorso, chamando genocídio de missão? Cruz credo!

– "Eram doze horas de tédio e meia hora de puro terror! Que beleza! Este avião bombardeiro é muito vantajoso. O inimigo tem poucas chances".

Meu Deus, o "inimigo" que ele tá falando é aquele povo inocente do Vietnã? Eram aquelas crianças mutiladas, desesperadas com o estrago da Rosa de Hiroshima? Quer saber? Falta uma mãe de mão na cintura pra evitar que esses meninos grandes brinquem de verdade de guerras:

– Pra casa agora, Jairzinho! Vocês vão acabar machucando os outros. Pra dentro Donald também. Parou! Ai, ai, ai. Vão os dois já, já pro cantinho do pensamento!

Concordo com Betsy, falta mulher na gerência do mundo! Fiquei boba de ver aquele capitão americano patético na TV falando de guerra com tanto prazer. Sinistro. Que situação que o homem se enfiou, meu Deus! Segue inventando coisas que alimentam o ódio. Só assim podem vender armas. Sem o ódio, acabou esse comércio. É isso. Se queremos acabar com as guerras, vamos ter que atacar o seu motivo. A propaganda do ódio é muito boa. Sangue vende jornal, sangue torna a notícia atraente. Notícia boa parece que não tem apelo. No entanto, fazer coisa boa, mesmo sem todo mundo saber, tem muito efeito. Parece que não, mas tem. A paz não faz barulho, não sangra, mas é eficiente. O que é que eu vou fazer? Meu bloco é do amor, não tem outro jeito. Quem trabalha com cozinha sabe muito bem que o amor é o melhor tempero.

50

A gente aqui deitado, já. O sono rondando a cama. Nós dois de mãos dadas, as imagens do filme na TV refletindo nos corpos da gente. A noite é calma. E já vem ele com seu dardo existencial pras bandas do meu lado. Vem do seu modo inteligente e simples. Por isso não foi sem certeza que Órion me disse:

— É, minha flor, o homem tá que tira as essências da terra, tá que extrai petróleo... Hum! Investiga bem que a gente vai acabar sabendo que esse óleo pode ser a graxa da Terra, hein!? A graxa preta que move tudo. Que lubrifica as placas. Já pensou nisso, minha rainha?

Disse isso e riu matreiro meio de lado, parecendo um Saci sabido demais da conta. Fiquei bebendo a beleza dele no olhar distraído e só perguntei:

— Será, meu amor, que nós vamos acabar com o óleo da engenhoca? Que nós vamos arruinar de vez as juntas da Terra extraindo petróleo?

Ele fez que sim com os olhos, beijou devagar as costas de meus dedos e dormiu. Agora estou aqui olhando pro teto. A sombra das folhagens da varanda entrando pela janela, desenhando paredes, grafitando vidraças na madrugada. Inferno. Quem que dorme sabendo que faz tempo que o homem tira barris e barris lá do fundo? Quem descansa? E agora? Quem que dorme provocando talvez uma artrose nas pernas da Terra? É isso mesmo. E se, acabando o petróleo decretamos o fim da vaselina que não deixava travar nunca o giro da Terra? Quem vai lá botar, repor?

Com calma fui encaminhando meu pensamento para

dormir. Mostrei a boca de Órion pra ele. Meu pensamento ficou distraído querendo beijar lábios que dormem e até escrever de cabeça quadrinhas de amor:

>Dorme sem preocupação,
>dorme, meu amor...
>brilha, minha constelação,
>e esqueça agora as pernas da Terra, por favor.

51

Mas não é que o Davi, do Sabiá, cresceu, casou... tá é bonito, hein?! Adoro ele. Dançamos à beça outro dia no forró, antes da pandemia... gosto muito do Davizinho. Ficamos amigos depois que ele virou adulto. Agora aqui, em Grão de Vento, onde eu vou passar férias, ele tem uma barraca de coco e água na beira dos lençóis de areia. Outro dia me disse:

– Edite, Edite, a mulé me abandonou, Edite. O que que eu faço da minha vida?

– Por que que ela te abandonou, meu filho?

– Ah... por que que ela me abandonou? Aprontei, Edite. Me engracei com um rabo de saia que não valia nada e o rabo de saia ligou pra minha mulé contando tudo.

– Puta que pariu, ligou pra sua mulher? Que azar!... sabe o que eu acho Davi?

Você gosta dela?

– Eu amo aquela desgraça, Edite, mulé boa tá ali. Carinhosa, cheirosa, bonita, boa mãe, fogosa e ainda dança um forró arretado, a miserenta! Sou fraco praquele cheiro enfeitiçador que ela tem.

– Então, pede uma nova chance. Acho tão bonito perdoar, pedir perdão e perdoar... uma das cenas mais bonitas da vida! Se eu pudesse eu assistia todas nas casas dos outros. Quem me dera que o pessoal me avisasse: – Edite, depois da Ponte do Segredo, na casa do João Cosme, vai ter pedido de perdão na terça. Diz que é pai com filho. Você quer vir ver? Me arrumava toda e bem que eu ia... Ah... se eu fosse você, Davi, eu pedia perdão. É tão bonito.

– E eu já não fiz isso? Fui lá, liguei pra ela, fiquei na porta do trabalho dela aí ela disse que vai me aceitar, aceitar conversar comigo esse final de semana. Já está tudo no esquema. Eu vou lá pra ver se eu consigo, ao menos, dar um beijo na minha menina do meio...

– Uai, você tem uma menina do meio? Você tem mais uma menina? Você tem três filhos? Pra mim você só tinha dois...

– Não, Edite... na me-ni-na-do-meio...

Davi fez um gesto, com um olhar pra si mesmo, como quem se refere a florzinha que fica entre as pernas da mulher dele... a menina do meio. Achei tão lindo.

52

A pomba gira sereia do mar da buceta de concha levou o óculos de sol de grau da Horizontina. Novinho. Horizontina ainda ficou zanzando nos mistérios das águas entre uma onda e outra. Incrível... procurava. Pedia pra Iemanjá. Ajudei a procurar, mas logo, logo compreendemos que era dela, afinal todo mundo sabe que coisa perdida na beira do mar, se a onda não devolver é porque já tem Dona.

Estava eu, ela e Brisa. Brisa tirou uma garrafinha da bolsa. Era daquela cachaça Cata Pinto. O sol quente. A cachaça agindo, começamos a cantar: "Ê ê ê, ô, Pomba Gira sereia do mar da buceta de concha, ô da buceta de concha, ô da buceta de concha..." a gente sabia que era uma entidade. E que ela estava ali. Brisa virou no santo. Bolou. Falou que ela era a Pomba Gira amiga da outra, e disse que o óculos de Horizontina tava mesmo com a outra, com a Pomba Gira da buceta de concha. Fiquei quieta, tomei um passe, vim-me embora e agora estou aqui com a cabeça cheia de dúvidas e certezas metafísicas. Tudo em calda fervente da cachaça Cata Pinto.

Minha cabeça não tá nada boa. Será que foi certo eu vir pra casa sem esperar o desfecho? Sem esperar o santo subir? Deixei Horizontina acompanhando Brisa e a entidade e piquei a mula. Ô, meu Deus do céu... quem pode guiar o ser humano nesse nevoeiro na frente da visão? Quem saberá realmente o que há entre o céu e a terra? Quem saberá distinguir esperança de ilusão? E por fim, quem vai me explicar como meu pensamento chegou aqui? A ladeira de areia me espera e hoje eu vou só aceitar o oculto, sem indagação. Mais nada. Ih, a garrafinha de Cata Pinto ficou na minha mão... É agora!

53

Não é que a mulher está dando a maior bola pra mim? Primeiro ficou me encarando. Olhos nos olhos. Encarei também. Agora sorri um sorriso meio nada a ver e ao mesmo tempo exibe uma roupa onde ela se acha toda gostosa, parecia superior a mim. Me paquera, mas me esnoba. Eu, hein. Tô só vendo. A mulher do espelho está toda oferecida. Me olha fixamente lá de dentro da porta do guarda roupa. Será que ela realmente está a fim de mim? Danou-se, não gosto de mulher no meu pé. Sai fora!

54

Nem tudo que vejo aqui, falo. Evito, sabe? Edite diz que o fato de eu ser uma Voz que mora dentro da cabeça dela não me dá o direito de eu me meter em tudo. Discordo. Mas aceito, por isso vou ficar calada hoje. De qualquer maneira, vou deixar um bilhetinho no espelho dela dizendo assim: "Será que você não está sendo complacente demais, Edite? Será que esse amor já não passou dos limites e você não notou? Ah, é? Vai ficar fingindo que não está me ouvindo? Quando ficar sozinha no salão, vai querer me chamar pra dançar, né?"

55

Leo Conga me abordou na praia. Nosso encontro foi mágico. Eu não o conhecia, mas apareceu dizendo que me conhecia da minha terra e que tocava percussão. Gostava de tambor. Por isso o nome. Veio do mar. É meio sem explicação falar isso, mas foi assim que eu o vi. O homem não veio do lado direito da praia, nem do lado esquerdo e nem da parte da cidade, do duro asfalto. Nada disso. Veio do mar, sorrindo para as minhas bandas. Me chamando de constelação, querendo mais do que naquele momento eu poderia dar. Gente é mesmo um negócio complicado. Mas deixa quieto que eu tô sabendo muito bem que o mercado emocional funciona assim: quando a gente tá casada ou namorando, aparece um monte de gente querendo a gente. Mas pergunta cadê esse pessoal quando a gente tá sozinho? Se um dia eu ficar solteira de novo, eu vou lá naquela praia ver se encontro o Leo Conga, mostrar minha conga pra ele.

56

– Edite, se eu te disser que o rico precisa de mim, você vai acreditar?

– Não!

– Pois é a mais pura verdade, minha filha. Ele precisa de mim. Por isso que eu só ando com rico. Ando só na aba. Ah, vão dizer: "como Dealdina é boba, como Dealdina fica sempre adulando os ricos!" Eu não estou adulando os ricos, Edite, eu faço o meu papel. O que é que adianta o rico ter uma lancha e não poder convidar um pobre que vai babar? Pra que serve o rico ficar exibindo viagens, joias, dinheiro, esbanjação, sem ter um pobre de um pobre pra ficar olhando, olhando, olhando e querendo aquilo pra ele também e dando graças a Deus que ele pode andar com um rico e desfrutar um pouco? E tomar goles e goles da vaidade dele, a tarde inteira, a noite inteira se for preciso? É sacrifício? É. Mas eu topo, sabe, Edite, eu topo! Fico só observando...

Dealdina talvez tivesse razão, mas eu não gosto de fazer isso não. Detesto, detesto, detesto quando o rico fica exibindo sua riqueza. Eu acho muito pobre. Tô lembrando disso por quê, gente? Tô assando banana da terra na palha de bananeira, estou fazendo cuscuz marroquino, estou com uma panela cheia de moqueca de cação e tô preocupada com a conversa de Dealdina com os ricos?! Ah, mas não é à toa não. Lembrei disso assim que vi a cara de Herón. Já vem ele de novo. É filho da dona da casa que me contratou pra fazer esse buffet em homenagem à sogra. Ai, meu Deus, ninguém merece. Herón Almeida Sanches Neves, que garoto arrogante! Quer ver? Vai entrar aqui na cozinha e vai começar. Ó, não falei, começou:

– Não sei se faço meu aniversário em Londres, Edite, ou se faço por aqui mesmo, em algum Resort... pago a passagem de uns cinquenta convidados. Cinquenta pessoas será que dá problema com Covid? Cinquenta não tem problema não, né? Sei lá. Pode ser um Resort aqui no Brasil mesmo... Mas pode ser em Dubai... mas Dubai também... Pode ser em Londres que eu tô acostumado. Mas vai ser a oitava vez que eu faço aniversário em Londres. Já tá meio manjado... o que é que eu faço?

Foi me dando uma raiva do Herón com aquele dilema exibicionista, mais exibicionista que existencial. E aquela raiva que me deu... será que é inveja de Herón? Deus me livre, Oxalá me salve! Eu, hein?!! Inveja? Inveja disso? É, Dealdina tem razão. Os ricos precisam de um público. Mas não contem comigo. Não nasci pra bater palma pra gringo sambar. A pobreza da riqueza é uma fofoca boa de a gente espalhar, né não? Então deixa comigo.

57

– Onde você vai, Edite?

– Vou à Bahia, Orestes, já te falei. Vai ter uma excursão de um grupo de estudantes de culinária e a gente vai visitar várias cozinhas dos terreiros baianos.

– Ah é? Você vai quando?

– Acho que amanhã. Por que você quer saber?

– Pra te colocar um chifre preventivo.

– Que é isso, ficou doido?

– É sim, um chifre preventivo, porque quem vai pra Bahia e é gostosa igual a você não resiste a um negão daqueles, que eu sei.

– Você quer dizer que quando foi à Bahia naquele congresso você não resistiu a um negão? É isso?

– Que isso, Edite, eu sou espada, me respeita, você me entendeu muito bem.

De vez em quando meu pensamento sopra essas memórias. São pedaços de diálogos e acho que é porque às vezes dá pane na caixa emocional e coisas que perderam o sentido no atual roteiro ficam sem lugar. Escapam. Boiam no mar do pensamento. Me lembro do dia em que emprestei dinheiro a Orestes para resolver umas pendências com a irmã que o perturbava, doida por dinheiro. Emprestei para acabar com a angústia, mas sabendo que ele era vaidoso, orgulhoso e era a primeira vez no casamento que eu ganhava mais do que ele. Emprestei com amor e sufoquei minha vontade de gritar: gol das mulheres, vitória do feminino! Segurei a minha satisfação feminista por amor. Tudo por amor. Mas aí, quando voltei de tarde, achando que ia encontrá-lo mais feliz sem a angústia da dívida da manhã que eu tinha ajudado a sanar, me surpreendo com ele. Me pegou cantando e desabafou:

– Está feliz, né, Edite, emprestou dinheiro pro pobre coitado aqui, né? É isso?

– Não Orestes, que ideia, eu tô feliz porque você está bem, porque estou bem também. O que é que você está pensando? Por que eu ficaria feliz com sua dificuldade, Orestes?

– Muito simples: é a vingança da senzala!

Eu não disse nada, meus olhos se encheram de lágrimas, as lágrimas pingaram no telefone e ligaram pra minha advogada. Estava decidida ali a separação.

58

Sabe de uma coisa? Vou entrar naquela Drogaditas agora, ali em frente, pra saber se tem o sabonete que eu gosto e se está em promoção. Tomara que sim! Ô bicho caro. Quer dizer, não é caro. É acima, um pouco, do que deveria ser, vamos ser honestos. Quando inventaram o sabonete líquido, pensei: pronto, ouviram as minhas preces. Ah... o sinal fechou pra mim agora. Não sei por que não ouviram antes, mas ouviram agora. Que bom, gosto daquela espuma ... o sabonete em pedra, em geral, resseca a minha pele. Sempre ressecou. Por que eu nunca disse nada? Ah, nem sempre a gente tem que dizer tudo sobre tudo. Abriu. Vou atravessar.

– A senhora tem aquele sabonete líquido?

– Sim, na quarta seção.

– O sabonete líquido que você tem é o "Rainha da Selva"?

– É sim. Está ali naquela seção.

Só quero isso. Não vou olhar pra mais nada, vim comprar só o sabonete. Não preciso de mais nada. Não vou ceder. Não quero ceder a essas atrações de novidades tirando a roupa pra mim. Cremes que não preciso. Não quero. Não quero. Não quero. Olha a moça do caixa, quer ver? Vai me pedir o CPF:

– Você pode digitar o seu CPF, por favor?

– Mas eu só quero comprar esse sabonete.

– E se tiver em promoção? Vamos ver?

E ela começa a tirar metros e metros de um papel com vários produtos que não quero comprar. Tudo em promoção. Que vontade de pedir pra parar aquela impressão. Estou com a impressão de que é um grande desperdício imprimir isso. Que pena que me dá gastar tanto papel, não adianta me mostrar. Não vou comprar mais coisa. Resisto. Já tô pagando. Só vim comprar o sabonete. O pior é que quando ela tirava os metros e metros eu só via árvores, árvores e árvores... parecia um delírio. Será que é efeito colateral do remédio contra refluxo? Sim, porque eu estou vendo mesmo árvores e árvores de verdade passando na mão dela em vez de papel da máquina do caixa, imprimindo promoções. Meu Deus do céu, eu tô muito diferente. Desde que fiz o curso de culinária ecológica lá no projeto Saúde e Alegria, em Santarém, no Amazonas, voltei totalmente diferente. Quero aproveitar tudo da Terra, não desperdiçar nem uma casca, nem um farelo, nem uma semente. Alguém aqui, por acaso, já comeu carpaccio de casca de abobrinha em lâminas transparentes? Hum, delírio. O curso me deu vontade de abraçar a Terra. É uma experiência que marca o coração da gente. Ai, ai, do que adianta cuidar da ecologia e nunca mais ficar boa da cabeça? Paguei. Venci. Não comprei mais nada.

    E ainda peguei o "Rainha da Selva" em promoção, ô sorte. O que me chateia na Drogaditas é que, por ser uma grande corporação, está acabando com as farmaciazinhas com nome de gente. Farmácia Medeiros, Farmácia Elisa, Farmácia Xavier .... No meu bairro aqui só sobrou, do meu tempo a Farmácia Márcia. Volto pra casa pensando que meu pensamento é uma espécie de cachorro que me leva pra passear.

59

    Rosinha fazendo um suco maravilhoso e Órion lá fora, pintando a casa. Bonito de doer. A casa amarelinha e ele brilhando ali, no recorte da própria figura sem notar. Me chamou: vem ver, minha vida, como eu tô fazendo! Retocava a borda da parte debaixo da escada com tanto esmero, recuperando nela os contornos geométricos originais. Achei muito caprichoso acertar primeiro, pra depois pintar.

– Rosinha, corre aqui pra ver o que Órion tá fazendo!

Rosinha vem curiosa, passos miúdos, silenciosos e ligeiros pros lados do meu convite. Chegou rente ao meu ombro e exclamou, toda animada:

– Olha, ele reboca?

– Reboca, mas é meu.

Pontuei na hora.

60

Cecília Guarani Kaiowá eu conheço desde que se chamava Cecília Rose. Mas aí fez tese sobre índio e mudou de nome. Fumou com os índios o cachimbo da paz e acordou com sobrenome novo. Pois é ela que está na minha frente me perguntando bem séria:

– Você tinha coragem, Edite, de botar filho agora neste mundo?

– Eu tinha, por quê? Nem fuder se pode mais?

– Não é isso, Edite. Eu não tenho coragem de por gente nesse tempo. O mundo está mal, todo errado, cruel, tanta maldade, esse vírus...

– Você queria ter filho em que tempo então?

– Uai, num tempo melhor.

– Mas o mundo já foi melhor, é? Foi quando? Não sei não. Antigamente um homem poderoso podia casar com uma menina de 13, 14 anos, a que ele escolhesse da região de seu domínio. Era toda uma sociedade cúmplice e oprimida assistindo a pobrezinha, criança ainda, sem ter ainda o peitinho todo formado, indo parar nas mãos de um crápula. Sei não. Se o mundo já foi melhor, perdi essa parte.

– Não brinca, Edite. O mundo está no fim.

– Cecília, o mundo não acaba. O que acaba é o homem. Você vê, nasce gente e morre gente e o mundo tá aí.

– Então você tinha coragem de pôr filho nesta merda?

– Tinha. Eu tive filho na ditadura e você também. Macaco senta em cima do rabo e fica falando do rabo dos outros.

– Tem razão. Eu não tinha pensado nisso. E o melhor, nossos filhos amam a liberdade, lutam pra defendê-la. Sabe de uma coisa? É bom conversar com você por isso, Edite. É gente de opinião, sem ser ruim, sem doer. Parece um caminho novo que você nos apresenta, que a gente se desapega do caminho velho sem dificuldade, sem sofrer. Uma mágica.

– Que isso, Cecília, você exagera! Você que me ensina um monte de coisas dos indígenas, coisas que eu nem tinha pensado e que você esclarece pra mim.

– E agora, vamos ficar uma puxando saco da outra, é? Eu não posso ficar aqui conversando não, que eu tenho que ir correndo falar para o Yan e a Deise que é pra eles treparem hoje mesmo. E aí eu vou virar avó de um tempo ruim, mas que nunca houve outro melhor que esse. Tchau, Edite! Obrigada. Acho que vou ganhar um neto.

61

"Sonho meu, sonho meu, vá buscar quem mora longe, sonho meu..." Tô cantando isso na cozinha e o telefone toca. Acordei cantando isso e estava na verdade, sonhando que Obama me ligava em português:

– Não! Não me diga de quem é essa voz. Eu conheço essa voz.
– Sou eu, Edite.
– Você? Falando minha língua?
– Tive que aprender porque você não me sai da cabeça.
– Tô chateada contigo, *dear*. Meu amigo Bukowski, que é analista político, me disse que você grampeou a Dilma.
– Não, eu te juro. Eu nunca grampearia a Dilma. Não me confunda com o Estado americano. Eu não sou e nunca fui o Estado americano. Fiz o que pude. Sou só um homem. Um homem preto numa sociedade racista.
– Por que você está me ligando?
– Já te disse, só penso em você. Fico ouvindo samba o tempo inteiro. Comecei tentando aprender a rebolar. Hoje em dia, até quadradinho de oito do funk eu tô fazendo. Tô doido por você, mulher.
– E Michele?
– Deixa a Michele fora disso. Isso é entre nós dois, você sabe.
– Barack, eu não tô entendendo. É você mesmo, ou é trote?
– Sou eu, Edite, você sabe que sou eu. Aprendi a falar português de verdade. Fiquei querendo entender minha ligação com você, com esse país. Fiz minha árvore genealógica e acabei

descobrindo que minha família por parte de pai é toda de Caxias e Belford Roxo.

– Ah, a família de Horizontina também é toda de lá! Eu vou falar com...

– Esquece Horizontina, vem aqui me beijar.

– Onde você está, meu presidente?

– Estou aqui no seu bairro. Peguei o primeiro avião e tô aqui na parte beira-mar do seu pensamento, te esperando...

– Para com isso, Obama. Se eu tiver sonhando, não quero acordar.

– Fica tranquila, amor. Sou eu. Eu sou Obama, um sonho seu.

62

Não sei o que fazer com Katschusca e Mauro. Que casal mala. Puta que pariu, estão os dois vindo ali.

– Ei, Edite, viemos te visitar.

Deus me livre se eles estão pensando em se mudar pra cá.

– Vocês por aqui? Vocês não moram mais na Barra?

– A gente continua lá. A gente era do Las Vegas Barra, mudamos para o Barra Golden Barra e agora a gente quer sair de lá.

– Ahhh... será? Olha lá, hein ... fico pensando que vocês estão tão acostumados com aquela vida lá. Aqui é outra vibe.

– Ah, Edite, você que conhece todo mundo aqui, podia dar uma força, porque o Conselho Democrático não aconselhou a nossa vinda pra cá. Eu não entendo, Edite. Não entendo. Peraí: Olha, Mauro, olha a pele de Edite, não dá raiva? Pele linda, pele boa. Ô meu Deus, é justo que os negros tenham a pele assim tão boa, que não envelhece? Enquanto isso, a gente parecendo esse maracujá?

Eu só tô vendo Katschusca olhando pro céu e falando essa merda.

– Ô Katschusca, você quer falar de justiça? De verdade? Você tá de brincadeira comigo? Você quer mesmo falar de justiça? O Conselho ... Conselho Democrático comentou comigo que na festa que teve de jongo na pracinha, você ficou falando que tava a maior inhaca com aquele monte de gente "de cor" dançando.

– Ô Edite, eu não falei por mal ...

– E você sabe o que é Inhaca, Katschusca?

– Inhaca é mau cheiro de gente, né? Gente suja ...

– Não, Katschusca. Inhaca, em sua origem, é uma ilha moçambicana.

– Edite, como você sabe disso? Como você é culta!

– Acabei de chegar de Maputo. Cozinhei lá, na casa do reitor da universidade.

– Maputo? Onde fica isso? Isso é uma cidade ou um palavrão? kkkk

– Katschusca me desculpa, mas você já é loura, não faz pergunta idiota! Uma mulher rodada em Miami como você é...

Ih, o marido vai abrir a boca. Coitado do Mauro. Estudou mais do que ela, mas não apita nada:

– Tchuska, meu bem, Maputo não tem nada a ver com puto. É a capital de Angola.

– De Moçambique, gente!

– Mas, Edite, raciocina comigo, se o nome da ilha é Inhaca, não seriam os próprios pretos que botaram o nome sentindo o próprio mau cheiro deles?

Por um instante estou muda. A cara de Katschusca está perdendo o foco. Esse casal é tão fraco que somando os dois não dá um. Se depender de mim não vão mudar para o meu bairro nunca. Cortando o silêncio do momento, desponta na ponta da rua e brilha na esquina da cena, quem? Nega Rebeca e seu bundão. Poderosa. Diretora do Conselho Democrático.

– Que surpresa, Edite, Katschusca e Mauro, aqui?!

– Rebeca, eu estava conversando com eles sobre a dificuldade que se tem de encontrar casa aqui, num bairro com a maioria avassaladoramente negra. Aqui, onde você sentir cheiro de alfazema, manjericão, alecrim e mirra no ar, pode acompanhar que vai achar

um tambor no final da trilha do perfume, um samba pra rebolar...
então, não sei se eles vão se adaptar, Rebeca. O que você acha?

— O que acontece nessa comunidade, meus queridos, e eu como diretora do Conselho Democrático, posso afirmar sem medo, é que pessoas racistas se sentem sem ambiente aqui. Não se acostumam com toda a gente misturada. A música, a simplicidade, a espontaneidade, a gargalhada, uma gente animada, rebolante, dentro do shortinho beira-cu. Outro dia quiseram mudar o nome do bairro pra "Senha da Festa". Brecamos. Me reuni com todo o Conselho. Sugerimos até plebiscito , e "Senha da Festa" perdeu. Não é bom que fiquem pensando que aqui é festa o dia todo. Pode atrair gente sem noção...

— É., eu e Mauro estamos decidindo então ficar mesmo na Barra...

Agora é aquele momento saia-justa. Não vou falar nada. Rebeca só ri, soberana. Bem feito pra Katschusca e Mauro. Estão sem graça. Não vou ocupar vazio de silêncio com conversa nenhuma. Não contem comigo pra aliviar barra pesada que eu não criei.

63

Catarina Thompson me chamou pra cozinhar na casa dela de novo. Tadinha. Olhando agora aqui pra ela, branquinha, chega a dar dó. Foi top model e até hoje só come alface. Não é má pessoa. É a melhor de uma família de desembargadores corruptos. Gangsters com recursos e influência. Paciência. E ela está sempre pensando num jeito de entrar pra esquerda, mas não consegue. Se esforça para ser entrosada, para parecer mais livre do que é. Maaagra... parece uma alma penada. Catarina Thompson. O nome é muito forte pra ela. É uma ex-bonita. O pai queria que fosse juíza. Sei: precisavam era de alguém bem próximo e poderoso pra fazer parte da corja! A menina não queria. Seu sonho era a passarela. Não queria o caminho que tinham traçado para sua vida. Foi a primeira vez que foi pra Las Vegas. Depois me contou que não teve Las Vegas nada. Ela estava era numa clínica psiquiátrica em Brasília, depois de tentar suicídio. Bebeu uma garrafa de absinto do pai e ingeriu 10 comprimidos antidepressivos pra acabar com tudo. Seu sono da morte foi interrompido por uma boa lavagem estomacal e uma longa temporada nessa clínica chique e rigorosa, enquanto os amigos achavam que ela estava fervendo em Las Vegas, de cassino em cassino. Tô com pena mesmo dela.

Na minha frente, uma pilha de cenoura pra ralar, repolho pra picar, abobrinha, pimenta Cambuci, que é essa verdinha, também é chamada de Chapéu do Frade lá em Muqui. Vou fazer uma salada bem potente, viva. Ela pediu comida vegana, mas vai ter vegana à moda da Edite, sabe como é que é? Querendo ou não querendo, vou tacar é bolinho de feijoada na galera. Aqui só tem amigo magro e branco, parece até desfile de fantasma! Dá a maior vontade de dar um bom prato com feijão, arroz, carne, pra dar substância a essa gente, diria minha avó. Mas o clima aqui é muito pálido. A mais tenebrosa é a mãe dela, dona Hortência. Desculpe falar, mas a velha parece um mapa hidrográfico de veias verdes expostas nos braços, na pele do colo. Cruz credo. Tá chegando perto. A rainha das olheiras. Parece uma versão loura da Mortícia.

– Edite vamos comigo ao sótão para eu te mostrar uma coisa?

– Não, dona Hortência, eu tenho muitos legumes pra picar aqui.

– Mas é só um minutinho...

Não sei não, mas tô achando que essa mulher tá mirando meu pescoço. Uma pinta de vampira que eu vou te contar. Não pensei duas vezes. Peguei minha penca de alho, mais ou menos umas trinta cabeças, juntei num tacho entre mim e a defunta (parecia), e o efeito foi imediato.

– Ah, deixa então pra outro dia...

E saiu se afastando. Nossa, parece que ela está sumindo no fim do corredor da cozinha! Subitamente, como se fosse uma coisa combinada, pelo mesmo corredor vem surgindo a filha.

– Edite, a mamãe adora quando você vem cozinhar aqui. Ela diz que te acha tão esbelta, tão bonita, tão viva...

– Tenho muito respeito por Dona Hortência, Catarina, você sabe, mas só que não gosto muito de cozinhar com gente que não é da minha equipe por perto. Acho que estraga a surpresa. E depois, cozinha, você sabe, é segredo. Tem seus truques, suas manhas, suas mágicas. E o mágico que é mágico, se for bom mesmo, pode até fingir que tá fazendo tudo normal aos outros olhos, mas pode saber que ele tá escondendo o truque.

— Ah, Edite, Edite, você tem cada pensamento, cada jeito de falar, uma alegria. Não tenho essa alegria. Meu coração não bate assim. Meu coração parece meio morto, sem energia. Quando tiver passeata você me chama? Quero combater a maldade. Preciso combater, fazer algo pela humanidade. Dizem que tem muita gente que é contra a opressão, a favor da liberdade, que luta pela igualdade, mas eu quase não conheço esse pessoal. Quando tiver protesto você me chama? Me leva pro meio da multidão, Edite? Me dá uns abaixo-assinados pra eu assinar. Quero ser do bem. Eu também quero prestar.

Tadinha. Fiquei olhando pra ela como se houvesse uma miss universo mumificada em seu rosto, em seu corpo de manequim 36 e seus cabelos pintados cor de fogo. Não desenvolveu muita musculatura. Tá ficando igual à mãe. Pele, osso e veias. Cruzes! Não vou chamá-la pra protesto nenhum. Só se for pra largar ela lá e fingir que não conheço depois. Mas cadê coragem? Eu tenho vergonha de ser mau caráter, ainda mais na frente dos outros e todo mundo ficar sabendo. Fazer trairagem com os outros? Mas com que cara eu vou me explicar para os meus amigos revolucionários? O que que eu tô fazendo com esse fantasma no meio da passeata? Não levo mesmo. No dia eu vou inventar uma desculpa. Vou dizer que, por questões de segurança, ninguém sabe onde vai ser. Nem eu. Depois eu digo que quando soube do local certo, já estava indo pra casa e acabei não participando também. Tomara que ninguém faça foto de mim fervendo no meio da passeata. E se eu for disfarçada? Ai... mentir é um inferno. A gente tem que inventar várias mentiras para aquela fazer sentido. Ih... Catarina voltou. Apareceu com aquela cara pálida na porta e em seguida, pousou a mão no meu ombro, gelada, gelada, gelada. E disse:

– Edite, mamãe quer ir também na passeata. Tudo bem pra você levar nós duas?

Esfriei toda por dentro. Imediatamente pus quase meio quilo de alho socado na panela pra dourar e a macumba comendo solta na cabeça, pedindo a Iansã pra levar aqueles dois eguns para longe da minha gira. Vou perguntar para Dona Voz se devo continuar cozinhando pra essa gente que parece ser de outro mundo. Ô cozinha gelada, nunca vi. Me arrepiei toda com a mão dela no meu ombro e confirmei a mentira na resposta:

– Levo sim. É só combinar.

O jantar será servido à meia noite em ponto. Será que eu devo passar mal e sair logo fora dessa? Essa casa é esquisita, essas pessoas parecem uma seita. Estou com medo de ser eu mesma o prato principal do jantar. Não é que eu seja preconceituosa, mas o fato de não existir fantasma preto já é de se admirar, não é não?

Já, já vou lá na sala da minha infância onde ficou morando o gênio da lâmpada. É hora de gastar meu segundo pedido. A mão do meu pensamento tenta agarrar a minha num truque de mágica e me tirar daqui. Antes da meia noite.

64

Mas que espécie de espécie humana surgirá quando a pandemia realmente passar? Tenho medo de a gente sair pior do que entrou. Estamos no auge dela e tenho que ir à rua. Meio-dia, o sol causticante não está brincando. Simbora!

Na calçada na porta do supermercado lá vem vindo um homem grande, redondo, suado e sem máscara! Fala alto no celular. Dá pra ver direitinho os cristais das partículas de aerossol que espirram de sua boca na pressa das palavras. A luz rebate nelas. Que medo. Estou com medo. Olha a curva que eu estou fazendo, gente!? Que manobra. Desviei desse ser humano como se fosse de um covidão, um super covid gigante capaz de contaminar todos, uma bomba covídica! Ufa! Tô com tanta vergonha de ter desviado dele pra me salvar. Por que fiz isso? Que inferno! Será que foi gordofobia da minha parte? O que é que tem o vírus com o diâmetro do hospedeiro? Não há estudo sobre isso. O que sei é que estamos sem abraço, desnutridos da nossa vida gregária e com medo do outro. As coisas realmente não vão bem. Estou até agora envergonhada da curva que fiz pensando em sobreviver, pensando em me proteger de me contaminar. O que restará da humanidade quando isso passar?

65

    Vim aqui passear na beira do mar do meu pensamento. Vim dar uma prosa com ele. Não tem ninguém. Só coqueiros e vento, essa entidade que me acompanha. Vim conversar com o mar, sozinha. Meu companheiro, conselheiro, sábio. Minha viagem é que eu falo com ele em pensamento e ele responde na onda que vem, na onda que vai... Nossa, tá batendo à beça. Que sacode! Fica até difícil entender o movimento dessa maré.

    Como o mar é inquieto!

    – A alma humana também.

    Quando o mar me respondeu isso fiquei tão sem graça...

66

Aquele casal que vai ali é engraçado, porque... pode até não ser bonito, o pessoal pode até não achar..., mas aquele homem e aquela mulher parecem amantes muito calientes. A gente vê que trepam. E gostam.

Entendo a humanidade, faz sentido. Faz sentido todo mundo ser meio viciado nisso, todo mundo ser atraído pela sexualidade. É muito difícil fugir disso. Não há quem não pense na sexualidade todo dia, eu acho. Será que sou só eu? Não, não é possível, porque isso é uma enrascada. Se for só eu, é pessoal.

Mas agora, pensando bem, entendo: é ruim levar chifre? É. E dói, dói mesmo. Dá confusão botar? Dá. Uma confusão danada e a gente fica com aquela placa de culpado pregada na mente. É ruim, mas é gostoso demais gostar de amar. É gostoso demais transar, é gostoso demais entrar no outro, se esfregar no outro, receber o outro, sentir o cheiro do outro, se misturar nele. Entendo mesmo. Ô negócio gostoso e empoderador! Porque dar prazer empodera. Faz a gente provar da maior das empatias que é ter prazer em dar prazer. Agora, receber provocação de prazer abastece a gente, alimenta, nutre, completa, acaricia, inebria... êta troço bom!

Fico pensando essas coisas... Ainda bem que Órion não tá ouvindo. Ele diz que não gosta de fofoca.

— Isso não é fofoca, Órion, isso é observação. Isso é apurar como anda pensando a humanidade, como anda agindo: deixa eu ver o pessoal como é que tá, pra ver se eu não tô maluca sozinha. É isso, Órion, entenda.

Olhou pra mim como se eu não fosse daqui, virou pro lado e

dormiu. Por isso que eu não conto mesmo o que tô pensando agora. Olha lá, o tal casal tá se beijando. Nossa que linguão! Uma língua conhece a outra. Olho mesmo. Ninguém tá vendo. Ninguém tá sabendo que estou pensando nisso. Aqui, nas ruas da Edite acontece um monte de coisa e ninguém sabe. Também, ninguém tem nada com isso. Foda-se!

67

– E aí, Edite, eu dou um jeito de descolar, por fora, um milhão para gente. Quer dizer, dois...

Não tô acreditando que eu tô ouvindo isso. A mulher tá na minha frente, no salão da Prefeitura, na festa em que minha equipe está toda cozinhando uma grande feijoada em homenagem ao dia dos professores, tá essa mulher na minha cara com esse nariz imenso, igualzinho ao nariz do patrão do Homer Simpson, aquele nariz avaro... O pior é que ela tá pensando que sou cúmplice dela. Eu, hein, sai fora, assombração! Corrupta, corrupta até o talo. Como é que eu vou sair dessa, sem virar arquivo vivo e por pouco tempo? Sim, por pouco tempo sim, porque eles matam quem sabe demais. Todo mundo sabe que eles não gostam de gente que sabe das falcatruas, podendo espalhar a verdade por aí. Quer saber? Eu vou fazer a ingênua.

– Mas um milhão por fora, como assim, Loreta? Não entendo.

– Um milhão pra mim e outro pra você, Edite.

– Mas por fora de quê, não entendi?

– Por fora, Edite. Querida, põe uma coisa na sua cabeça. Essa é a quinta vez que sou vice-prefeita. Você acha que é por acaso? É trabalho. Tenho gente minha em tudo o que é canto. Pensa que é caro? Não é barato não. Aparelhei a porra toda. Se precisar, troco de partido e pimba, vice-prefeita outra vez! Então eu tenho a manha do esquema, entendeu?

– É, você tá certa, Loreta. Tem estômago pra aguentar esse funcionamento torto. Tanto esquema, né, que a gente fica bobo.

Eu não sirvo ainda porque não aprendi essas coisas, mas depois você me explica direitinho, porque tô aqui agora com a cabeça no meu feijão, se ele não está sem caldo lá dentro, secando naquele fogão quente. Você me desculpe, Loreta, a festa tá bonita, gosto de conversar com você, mas tenho que ir lá cozinha coordenar tudo. Agora, quanto essa proposta do milhão, não posso aceitar não porque eu tô de preceito.

– Preceito como?

– Lá na minha macumba, a gente quando tá de preceito, ainda mais o meu que é na gira de Xangô, não pode fazer nada que não seja pelo caminho do certo. Se fizer, pode virar tudo pra trás na vida da pessoa. Desanda o caminho e sola o destino, igual a bolo. Bolo se bater ao contrário ele desanda. Na massa dos caminhos da vida é assim também. É por isso, sabe, Loreta, que não posso ir no seu esquema.

– Edite, tudo bem, eu não acredito nesses negócios, mas eu respeito sabe? Porém eu te pergunto, se mais pra frente eu vier para Prefeita, você vota em mim, não vota?

– Vamos ver na época, Loreta. Se eu não tiver de preceito...

68

    Késia e Kachequebaeva estão morando no sétimo andar e estou sentindo um clima de um casal do sexto discriminando o amor das meninas. Quê que tem? Qual o problema das mulheres se esfregarem, se amarem, se chuparem, se desejarem? Todo mundo não faz isso? A humanidade arranja confusão onde não devia haver. Tô descendo aqui no elevador pensando nisso. Uma vontade de encontrar aquele casal preconceituoso pra dizer umas verdades. Poxa, a Kachequebaeva é russa, já jogou na seleção de futebol feminino e por paixão veio morar com Késia aqui no bairro Bossa Nova. Késia preta, a garota branca e bem chegada numa vodka. Sou capaz de fazer uma festinha no condomínio só pra fazer o confronto.
    Ah, meu Deus, tomara que esse Uber não demore. Não tem ninguém na portaria. Será que Zezinho tá almoçando? Se eu fosse ladrão aproveitava a hora do almoço do porteiro. Deus me proteja, tomara que nenhum ladrão pense como eu! Iiiiih, já vem Anselmo e Noêmia, ô sorte! E quem tá lá fora se beijando, encostado no carro na luz do meio-dia???? A atleta russa e a violinista Késia. Estão se beijando. O casal preconceituoso acaba de entrar no hall e não para de olhar pra trás. Os dois siderados, os olhos pregados no beijo das duas. Pronto. Já me viram.

    – Edite, cê tá vendo aquilo??? Se beijando assim na frente de todo mundo?! Ninguém é obrigado a ficar vendo isso não!

    – É, Noêmia, verdade. Ninguém é obrigado, inclusive vocês podem olhar para o outro lado.

    – Anselmo falou pra mim ontem à noite que você defende, né Anselmo?

– Noêminha, não falei que ela defende. Falei que...

– Ah, cala a boca, Anselmo! Nessa hora, ao invés de ficar do meu lado, você....

Eu tô falando, Edite, porque não entendo. Por exemplo, quem é o homem da relação ali?

Tô com uma preguiça de responder a essas perguntas. Mulher chata! O tempo inteiro humilha o marido, os dois entram no apartamento com tortas e tortas e tortas nas mãos todo dia, só comem essas coisas. Olha que eu gosto de comida, mas no caso deles, acho que o comer está no lugar de outra coisa. Acho que eles não trepam. E agora ela está esperando de mim uma resposta. Eu podia inventar que estou meio surda, dizer que não ouvi direito, mas tenho medo de dar um vento e eu receber a punição por ter mentido. Não quero explicar nada, não sei se carece de muita explicação.

– Olha, Noêmia, acho que ninguém faz papel de homem não, porque é relação de mulher, né? Ah, isso é tão particular. Leilane, uma das minhas amigas sapatas, adora mulher com pegada masculina. Mas também não sei nada disso não, porque papel né, é uma coisa que se faz mesmo. Às vezes você fala com o Anselmo parecendo que você é o homem, e um homem antigo. Sabia, Noêmia?

– Credo, Edite. Não me compara com essa gente, não. Vamos embora, Anselmo!! Acho melhor a gente se mudar desse bairro o mais rápido possível.

– É melhor mesmo. Acho que vocês não se adaptam a um lugar onde o amor exista. Procurem bem onde vão morar.

69

    Quanto tempo que não me lembrava de Lady Falcão. Será que ela anda pensando em mim? Faríamos uma boa dupla agora também, mas ela se mudou pra longe, se aposentou, está curtindo seus merecimentos à beira da praia em Saquarema. Quando a Cozinha da Mamãe era fixa e eu só mandava entregar a comida e não a fazia na casa dos outros, quem era o meu braço direito era Lady Falcão. A bicha era o bicho. Uma mulher incrível, cozinheira consciente, competente, e a gente fazia a dupla dinâmica. Só admiração uma com a outra e ninguém com inveja de ninguém. Como ela vinha todo dia cozinhar comigo e organizar o fluxo de entregas, conhecia todo mundo no meu prédio. Parece que eu tô vendo a cara dela me dizendo:

    – Edite, você sabe aquela mulher fresca, socialite do sexto andar, que ficou implicando com você porque achou que aquele Buda preto na entrada do seu apartamento fosse coisa de Orixá? Pois é, descobri que a mulher vive metendo pau na macumba, falando mal do ritual dos outros, mas tem na cozinha dela a estátua de uma pomba gira, que ela dá comida e tudo...

    – Mentira?! E como é que você sabe disso, mulhé?

    – No dia que a sua pia estava pingando, a empregada deles me chamou reclamando que estava um vazamento lá embaixo e achava que vinha do sétimo. Fui lá. Dei de cara com tudo. Tinha vela, tinha cigarro, uma comida que eu nem sei qual era e a pomba gira dela tinha uma bandeirinha na mão, tipo uma flâmula. Nunca tinha visto.

    – Mas que beleza de informação, Lady! Vou usar ao meu favor. Tô puta com aquela história de ela ter tirado o enfeite de

Natal da minha porta. Lembra Lady, quando ela arrancou minha guirlanda de sininho e entregou na sua mão pra me dar? Ô ódio.

– Lembro até hoje da cara dela falando: – Você vai me desculpar, Lady, mas diga pra Edite que eu vou receber convidados e eu não quero que ao passar no nosso hall comum, a pessoa dê de cara com jingle bell na porta dela em pleno abril. Eu fico com vergonha.

Dias depois dessa conversa com a Lady encontrei com a megera na garagem. É hoje o dia da vingança, o prato que se come frio, mas no calor não tem pedida melhor.

– Oi Jamile, que bom te encontrar aqui, menina.

– Oi Edite, tá zangada comigo por causa do jingle bell?

– Eu, zangada com você? De maneira nenhuma, não consigo. Eu gosto de você, mulher madura, gostosona, que se cuida, que malha, que viaja... não sei o que há de comum entre nós duas.... Será que a sua pomba gira é a mesma que a minha?

– Ai, não sei, não entendo nada dessas coisas.

Respondeu isso parecendo mais branca que nunca. A mulher ficou gelada que eu vi. Flagrei o flagrante que durou um milésimo de segundo, como alguém que é desmascarado e não estava preparado. Não é falar mal não, mas tem muita gente que é macumbeiro escondido. Uma espécie de macumbeira de armário. Uma espécie de armário da Fé. Hipócrita, moralista. Tava na minha mão, mas ainda tentou disfarçar.

– Não entendo mesmo nada disso não. Mas também gosto de você, não sei por quê.

– Ah, mas eu sinto a sua. Não sei qual é, mas sinto... A minha é aquela que tem uma bandeirinha na mão.

– Com bandeirinha?

– É. E é por causa dela que eu não tirei o jingle bell da minha porta. Aquilo é macumba pra eu ter piru o ano inteiro.

– IIIIIIIahahahahahahah ...

E a mulher começou a rir e a girar na garagem com a chave do carro na mão. Achei bonito. Laroyê! Deixei as duas lá, o bicho pegando na garagem, eu tranquila. Deixei a verdade terminar a lição. E antes que eu me esqueça, viva, viva para sempre Lady Falcão!

70

Socorro, me tira daqui! Saí de casa pra passear com Vanusa que não para de falar e fico me lembrando da cara dele, do meu amor... ele podia ter vindo. Eu o convidei:

– Vem comigo, minha riqueza, vamos com Vanusa dar um rolê pela praia. Ninguém de nós conhece o Maranhão. Vanusa é minha prima, ela é hilária, você vai gostar. Já pensou? Só nós dois no meio da piscininha de água quente, a gente se beija, você fica de pau duro lá por baixo, ninguém vê, que a água não deixa.

Falei tudo isso meio sozinha, porque o homem queria dormir.

– Tá muito cedo, princesa. Fiquei trabalhando até tarde. Me deixa descansar.

Então pergunto: o que eu tô fazendo ainda na beira daquela cama, se já tô na beira do mar caminhando com Vanusa que fala sem parar? Ela adora uma tragédia! Isso não contei pra ele. Enquanto tô aqui pensando, na conversa dela já morreram três pessoas queimadas num incêndio numa rua perto da casa da manicure de uma boleira que faz os quitutes dos aniversários do afilhado da irmã dela. Ela é sempre portadora de uma ciranda de disse-me-disse e boatos. Sempre ouviu dizer, mas quando conta parece que estava lá. Vanusa é a repórter que parece que viu tudo de perto, mesmo estando no oitavo lugar do telegrama falado da fofoca. É a rainha da boataria e aprecia detalhes.

– Depois, Edite, ouvi dizer que o pai assassinou o próprio filho. Você acredita? Vai dizer que não é o apocalipse, Edite?

– É o apocalipse.

Qualquer pessoa que conversa com Vanusa acha que o

apocalipse chegou. Claro que ela é um dos quatro cavaleiros, só anuncia más novas! É especialista. Tem sempre um defunto fresco pra anunciar, para dar notícia. Só fala disso. Por isso que vim aqui pra dentro, vi que ela continua falando sem parar seu cardume de tragédias, deixei meu corpo passeando com ela aqui na beira da praia e voltei pra varanda do meu pensamento onde a ladainha não para: Queria que meu amor tivesse vindo... olha lá que casal bonito... está dentro d'água. Poxa, se você tivesse vindo, era nós dois. Custava você tomar um banho, levantar e vir? Será que eu tô exigindo muito? Que merda, que bobagem. O que é que eu tô fazendo aqui ainda agarrada num instante passado, à beira da cama, querendo o que não há agora, almejando o que não é? Desejei ver os amantes a se banharem na praia rasa e naquele instante o meu amor não quis. Qual é o problema? O que eu estou fazendo aqui? Estou presa na grade do instante passado. Socorro, estou presa num capricho! Me acudam que quero organizar a vida dos outros. Quero preparar um encontro como se fosse um evento, um encontro íntimo como se fosse um evento de uma empresa.

— Edite, vamos encher a cara, nós duas? Que eu quero te contar do vizinho da minha irmã que foi pro hospital com a garrafa de vinho entalada no cu.

— Pede duas caipvodkas de graviola, Vanusa. Me conta centímetro por centímetro dessa garrafada e me liberta do instante passado, pelo amor de Deus?! Faz no meu coração a abolição da ilusão do que poderia ter sido, faz?

71

    Que bonitinha você é, garotinha! Os bracinhos estendidos. O que você está fazendo aqui, hein? Responde… Você é tão bonitinha… fala pra mim o que você quer, fala?
    – Colo. Qué colinho.
    – Ô meu amor, vem cá… cadê a sua mamãe?
    – Está ocupada com os meus outros irmãos.
    – Não chora. Isso, me abraça pequenininha, eu tô aqui. Como é seu nome, hein?
    – Ditinha. Edite.

72

    Mas que festa bonita vai ser hoje. É aniversário de Aisha Lupino e a Cozinha da Mamãe foi contratada pra fazer a felicidade geral. Receita de hoje vai ser moqueca de Salmão. Setenta bocas.

    Nosso primeiro encontro foi bonito, e logo ela estava me contando sua história que os sites não contam, porque Aisha não acha bom abrir sua vida pessoal. É cantora famosa. Mas sua vida não é, ela me disse. Grande compositora a Lupino. Adoro ouvi-la cantar, interpretar.

    Quando a conheci ela estava destruída porque tinha perdido a mãe e se separado drasticamente. Provando de uma temporada forte de dor. Tudo ao mesmo tempo. Foi então que a amiga dela me chamou pra cozinhar uma semana em sua casa por uma grana boa, muito boa mesmo, pra eu cozinhar o livro de receitas de sua falecida mãe. A cada dia um prato, e um amigo especial convidado pra comer com ela.

    – Tô com saudade, Edite, de cada amigo. Parece que eu estava presa, porque é isso que uma relação abusiva é.

    – Ainda bem que você se libertou a tempo, né, Lupino?

    – Sim, mas ainda não esqueci a porrada, Edite. Você acha que é fácil descobrir que o seu homem, que está contigo há nove anos, tem um caso há cinco com sua melhor amiga, sua amiga confidente? Ah, não é bolinho não!

    – Que dupla filha da puta! Como é que você descobriu mesmo?

    – Menina, sem querer fui desligar o alarme do telefone dele que não parava e ele não acordava, e me surpreendi com uma mensagem assim: "maçã ardente quer mandioca implacável". Aí descubro um filme de horror: mil fotos, mensagens de amor e desejo. Fotos de pau, foto de buceta. Tudo close, Edite. Tudo close! E ainda falavam de mim. Eu era o tema. Como um fetiche, sabe, Edite? Nojo. Gosto nem de lembrar.

– Não chore, Lupino.

– Eu choro é de raiva. Cínicos.

– Liguei pra ela e disse que ia raspar a cara dela no asfalto!

– E ela?

– Ah, disse que ia me processar. Hum. Mandei-lhe uma gargalhada de Maria Navalha que fez ela até se benzer e desligar na hora.

– E pra ele, o que que você disse?

– Mostrando a foto da piroca dele dura que ele mandou pra ela, cuspi na cara dele. Botei ele pra fora da casa. Ele gritava perdão e eu mandava ele enfiar o perdão naquele lugar. Nesta mesma noite, troquei a aliança de ouro maciço por um carregamento de MD e fui pra night gastar minha cornice e espalhar minha liberdade reativa pra Deus e o mundo. Foi bom. Tranquei o superego em casa e me esbaldei na rua. Sentia tesão e raiva. Raiva retroativa de minha fidelidade a ele. Idiota que eu fui. Vontade de dar meu cu de raiva. Nem tudo eu consegui, mas beijei na boca como alguém desesperado. Ainda consegui a proeza de não ter nenhum paparazzi. Você acha que Deus é bom pra mim, Edite?

– Acho é que se a gente inventou um Deus, é pra Ele não só inventar a gente, mas também pra ser bom pra nós. Um Deus que não é bom pras suas criaturas fica até desmoralizado. É a sua função. Só me faltava essa, que a gente não pudesse contar nem com Deus. O Deus que cuidou de você eu gostei, Aisha Lupino, porque você tá mais bonita ainda. Agora que passou vou dizer: aquele homem parecia um encosto do teu lado. Então acho bom você trocar logo o nome do seu drama, porque não foi drama, por mais que você tenha sofrido.

— Caralho, Edite. Se não foi drama o que eu vivi, foi o que?

— Passe a chamar de livramento.

73

No espelho me digo e redigo: "Edite do céu, não é que não tenho dúvidas de que Tarsila seja médica?!" Quando ela fala os seus conselhos medicinais, vejo tudo: os personagens principais e até a área da figuração. Observadora que sou, jurava que Tarsila era médica de carteirinha! Quando fiquei cuidando de Urano pra Horizontina, ele com 4 anos, teve de noite uma febre súbita. Foi pra ela que liguei pedindo providência científica imediata. Atendeu. Tarsila é uma pessoa muito boa. É dela ser assim. É missão. Não pode escapar. É quase uma praga. Eu sei dizer que com os conselhos e receitas dela, Urano ficou bonzinho. Se eu não tivesse contado, Horizontina nunca ia saber que ele teve febre.

Tarsila não se gaba de nada, mas quando o assunto é medicina, ela fica se segurando de tanta satisfação que tem por ser a médica de todos nós. O autoelogio castiga a vaidade da pessoa. É como se o mérito desaparecesse, a bondade sumisse quando a gente se orgulha demais da coisa boa que faz. Entre a família e os amigos ela sempre foi a Doutora Tarsila.

– Heleninha não estava bem, Edite, e eu resolvi tirar o Bisolvon e entrar com Tetrex.

– Nossa, Tarsila agora que minha perna ficou boa, ficou novinha em folha porque você curou, não quero saber de outra pessoa me medicando.

– Calma, Edite. Vou te contar a verdade. Nunca fui médica nada. Digo que abandonei a medicina pelo curso de antropologia, mas é mentira. Nunca teve curso de medicina. É só um sonho que não realizei e gosto de alimentar essa paixão entre os parentes e amigos. Mas não posso ser irresponsável e deixar você pensando que sou médica mesmo, que tenho conhecimentos oficiais. Só me sinto médica. Só isso. E estudo o assunto.

Ficou com os olhos cheios de lágrimas. Parece que eu tô vendo de novo a cara dela. Linda. Não faz por mal. Queria ser médica, mas a família não aceitava de jeito nenhum que alguma mulher ali fosse médica. "Quem iria educar as crianças? Essa profissão tira o amor que a mulher daria pra família e transfere para os pacientes. Mulher na medicina é a morte da família", dizia o avô.

Mas é verdade que ela curou meu joelho, gente, juro. Fez massagem e mandou eu tomar Miosan. Pergunta se eu tomei? De olho fechado. Na maior calma do mundo. Confiante.

Agora, pergunto: Tarsila é boa antropóloga? Ótima, impecável, tem um trabalho incrível de conservação das culturas indígenas e quilombolas. Respeitada no mundo todo. É boa médica? Excelente. Me curou umas 4 vezes. Até quando comi bolinho de maconha sem saber, naquele réveillon, e ela mentiu pela primeira vez dizendo que era médica de formação e que iria cuidar de mim? Sim. Então o que faço? Ela é uma charlatã, mas é uma charlatã científica, dedicada, estudiosa. Trai a herança ética dos seus antepassados? Não. Ela é de uma linhagem de grandes blefadores do bem. Seus chutes são assertivos. Sua bisavó era curandeira. Gente que entende do mistério. Tarsila é amadora porque ama a medicina, estuda e torna seus palpites acessíveis aos que precisam, assim como fazem as rezadeiras, as mães de santo, as erveiras. Só isso. Se fosse do mal, ela seria uma bandida. Faz massagem à base de cânfora, descobre nódulos na musculatura da gente e os dissolve com mágica, é mole? E ainda passa um oleozinho essencial, que ela mesmo prepara, super cheirosinho e a gente vai ficando boa a cada gota esfregada nos pulsos. Horizontina afirmou que tem um espírito de médico encostado em Tarsila. Eu só confio. Em matéria de cura, sou muito paciente.

74

É de madrugada, estou aqui flanando na sala do sonho dela. Três horas da manhã em ponto e o negócio dentro dessa cabeça está é animado. Estou vendo várias cenas e é de noite também. Tinha tempo que a Edite não sonhava que era de noite no sonho. É, eu sei dizer que como Voz vivente dentro da cabeça dela, testemunho muita coisa. Essa sala aqui é uma loucura! Estou vendo a Edite pequena sonhando com o capeta vestido com o pijama do pai dela. Mas o que é isso? Na sala de memórias consta que essa é uma memória de Maria Alice, a irmã. Será que ela está sonhando que ela é a irmã? Para entender, vou ter que ir na Sala de Edição que é mais pro fim do corredor depois da Sala de Exibição. Ô cabeção que a Edite tem! Não sei quanto tempo gasto para percorrer tudo. É boa malhação. Mas que cena é aquela? Quem é aquela mulher sobrevoando os edifícios como se fosse uma super-heroína de quadrinhos? Olha, não é que é a Horizontina?! Ela sempre sonha que está voando. O que será que o sonho dos outros está fazendo na cabeça de Edite? Eu, hein! Agora aparece uma senhora dizendo que tem 233 anos e a gente não consegue ver o rosto. Está vestida como uma Ialorixá. E agora parece que ela vai dizer um segredo. Ninguém ouve, ela só balbucia, parece que está falando em banto. Caramba! Não estou entendo nada. Uma hora dessas é que faz falta aquele curso de línguas africanas que Edite sempre diz que quer fazer e nunca faz. Para mim está tudo confuso, mas ela não acorda. É sinal de que o super ego, que é uma espécie de gerente margeador, está eficiente. Dizem que, se a gente sonhar o sonho mesmo, cru, na lata, a gente acorda. Vou confessar uma coisa: realmente tive um caso com o super ego, a quem sempre chamei carinhosamente de Su, mas isso é uma outra história. Já passou, no entanto não escondo de ninguém que eu o acho bonitão. Ela implica, diz que o Su não passa de um opressor. Ai, ai. Vou mesmo lá na Sala de Edição para ver se entendo melhor os sonhos dessa noite. Ó, a porta está trancada e em vez de estar escrito Sala de Edição, me surpreendo com a nova placa: "EDITE". Quem trocou? Em letras maiúsculas está escrito "EDITE" bem na porta do estúdio de edição! Que doida, não estou dizendo?! A gente que vive aqui dentro é que sabe. Ô, dona Voz, dona Voz, cala-te boca!

75

    Fiquei muito impressionada quando a tia de Horizontina contou que quando a filha dela, a Belisa, era neném, não tinha coragem de trocar a fralda dela na frente dos outros. Principalmente de homem. Parece que a pererequinha da menina era imensa. Diz que era uma baita bitola de buceta. Era mirim, por isso que parece pesado falar assim. Mas a própria mãe descrevia como se a menina fosse dona de uma ostra muito bem servida. Pra que que foram me contar isso? Hoje, toda vez que vejo Horizontina com a prima, penso na área imensa que a garota traz debaixo da saia. Será que não era proporcional? Acho estranho que a mãe dela botasse até um pano em cima da maçã da menina pra que ninguém visse. Meu Deus, eu mal conheço a Belisa! O que será que esse pensamento tá fazendo aqui dentro? O que é que isso tem a ver com a minha vida? Por que que eu tô pensando nisso? Será que outras pessoas pensam nessas coisas? Que merda. Foram proibir o sexo e fizeram essa titica, essa lambança entre as quatro paredes da mente da gente!

    – Edite, sabe que horas são, Edite? Vai dormir porque amanhã cedo você tem viagem internacional. Não é hora de pensar em buceta de prima da Horizontina. Você está maluca? Estou até te estranhando...

    – Dona Voz, eu calo a minha boca se você calar a sua.

76

    Como pode? Susan Guedes é mesmo uma pessoa impressionante! Acabou de me ligar e me contou a história mais incrível. O telefonema ficou gravado na minha cabeça. Tô ouvindo a voz dela até agora. Se o pessoal filmasse isso, ia dizer que era mentira, que era coisa de roteiro, invenção de autor. Como se a vida precisasse dos roteiristas de ficção! Hum! Susan Guedes é uma mulher muito interessante:

    – Edite, quando eu tinha 13 anos, mudei de escola pra uma que meu pai trabalhava como professor e então, eu poderia ter bolsa. No segundo mês, tô passando em frente à sala dos professores e ouvi um professor falando pro outro: "Mas o Guedes é pederasta, né, gente? E dos bons!" Os outros riram, uma gargalhada marcada com maldade, Edite. Fui correndo no escritório do meu pai quando cheguei em casa. Ele dava aulas, mas era também jornalista e tinha lá em casa o seu escritório onde colava reportagens importantes nas paredes, e mantinha uma biblioteca de fazer inveja a um leitor obsessivo. Tudo separadinho por ordem alfabética e em categorias. Os livros marcados, páginas dobradas, orelhas. Tudo usado, lido, vivo.

    – Pai, me diga uma coisa, o quê que é pederasta?

    – Pederasta, minha filha, é um homem que tem relações afetivas e sexuais com outros homens.

    Fiquei sem fôlego, Edite. E perguntei pra ele:

    – E você conhece algum?

    – Se eu conheço algum? Ê ê ê ...

    – Conhece, pai?

– Edite, o silêncio lá fora era uma espécie de vácuo. No meu coração uma barulheira, minha boca seca, meu coração batendo desesperado, querendo sair pela boca.

– Conhece, pai? Conhece mesmo?

– Conheço vários. Váááários!

Edite, você precisava ver; papai disse isso e foi subindo a escada de correr que ele mantinha rente à parede alta que a estante ocupava inteira. A escada desliza no corrimão feito só para ele pegar seus livros. Pegava cada um e dizia, jogando cada um sobre a mesa de lá de cima da escada, como quem acerta uma cesta de basquete:

– Sigmund Freud foi um pederasta. William Shakespeare, Leonardo da Vinci, Rimbaud, Fernando Pessoa, Caio Prado Júnior, Mário de Sá Carneiro, Proust, Oscar Wilde, Sócrates... quer mais?

E a lista não parava. Foi aí que entendi tudo: o meu pai era um deles e era o melhor pai do mundo. Agora, Edite, me conta uma coisa, você acha, que a essa altura dos acontecimentos vou aguentar dondoca de academia vir falar comigo de diversidade como se eu tivesse sabendo disso agora?! Não tenho a menor paciência.

Por isso que a Susan Guedes não me sai da cabeça e ela é especial, filha de um homem muito sensível, muito diferenciado, melhor que muito pai moralista, hétero e hipócrita que só sabe julgar os outros por preconceito.

– Ô Susan, se as pessoas conservadoras soubessem que a pintura daquele quadro chiquérrimo, adquirido em caríssima galeria foi feito por um viado, ou que foi uma grande médica sapatão que salvou a vida do pai de uma delas, eu queria ver o quê que elas iam achar. Ô mundo bobo, não é, Susan?

Ela deu uma gargalhada, falou que eu era boa mesmo. Para

ela, dizer que o mundo é bobo é o mínimo que alguém pode falar desse lugar, tão mal administrado pela incompetência dos homens.

    Susan Guedes, é madrugada, estou aqui na cozinha fritando um ovo de gema dura pensando em você, nos gênios da pintura, da literatura, nos gênios da arte, e no seu pai, meu amor, no seu pai.

77

    Incrível. Sonhei com o Hulk, o incrível. Por que é que eu sonhei com ele? Hulk, o personagem verde, verde, verde! Que doideira, tadinho. Ele chorava à beça, e depois que passava a raiva ele não voltava a ser o David, o Bruce, sei lá. Não voltava a ser o simples, o calmo, o tranquilo, o sem ira.

    – Por que será que um autor cria um personagem desse, hein, Edite? Por que e pra que eu fui criado?

    – Não sei, Hulk. Olha, vou falar e você não fica chateado não, tá? Pelo amor de Deus, não se altere, mas eu acho que o seu personagem é de um cara que pirou. Pirou! Um cara que não aguentou a barra de alguma coisa. Sinceramente, nem sei por que estou sonhando com você! Também não sei como você sabe meu nome.

    – E eu também não sei como vim parar aqui não, menina. Eu nem sabia que te conhecia. Tô sabendo de tudo agora.

    – Tá bem, mas calma, tá? Não fica com raiva de mim e nem quebra nada aqui dentro não, tá? Vou precisar de tudo aqui dentro. Tudo que tem aqui dentro eu preciso. Pelo amor de Deus, Hulk, não me quebre nada!

    Ele continuou a me olhar, verde, verde, verde. Por que será que sonhei com o Hulk? Incrível.

78

Celeste tem uma escola aqui no meu bairro. Que linda a escola dela. Chama-se Árvore. Meu Deus do céu, que coisa mais bonita. Muito bonita e a gente fica encantada, mesmo a gente que não estuda mais em escolinha... Que beleza: tem sala Bossa Nova, sala Samba, sala Forró, sala Funk, sala Rap... é tão bom ver uma escola toda trabalhada na Música Popular Brasileira sem preconceito. Tudo o que eles estudam lá começa com música. Todo o material que eles selecionam para ser usado na vida escolar, todo o conteúdo é retirado da música. Já pensou nisso? É muito bom ver crianças pequenininhas cantando... E as aulas de inglês também vão na mesma toada. Aprendem a partir da música. Muito lindo. Árvore. Por que que não tem mais escolas desse tipo? Ah, e outra coisa: aqui ninguém nunca é reprovado. Aqui ninguém nunca tira nota baixa. Aqui ninguém tira nota.

Na escolinha Árvore se desenvolve o ser humano conforme as suas habilidades. Ele é exposto a tanta possibilidade que acaba se achando em alguma. Outro dia me disseram que as crianças que saem dessa escola são pessoas calmas, criativas e produzem paz em cada gesto. Tornam-se revolucionários quando crescem, mas não é gente propensa à guerra. As turmas são misturadas em várias disciplinas e a gente vê uma criança grande respeitando a mais pequenininha. O primeiro período da escola se chama Semente e o último ano se chama Copa. Aí a gente entende por que a escola se chama Árvore. Adoro esse meu bairro, só ele mesmo pra ter uma Celeste com uma escola assim. Se pudesse, espalhava essas mudas pelo Brasil.

79

– Homem gosta mais de sinuca do que mulher! Impressionante, um bar pequenininho, mas na sinuca virtual o público não tem limite. Tá lotado. Neste momento, este campeonato de sinuquinha, nesta birosca, mais de meia noite, está sendo visto por quase três mil pessoas! Maioria avassaladora de homens, eu acho.

– Por que será, meu bem? Será que é porque tem as bolas e o pau?

– Pra entrar no buraco.

Taxativo, deu mais um gole de cerveja e me beijou demorado, gostoso, com safadeza indisfarçável. Por via das dúvidas, deitei na mesa sobre a toalha verde deixando ele fazer sinuca em mim.

Agora estamos na cama, ele dorme. Penso nessas coisas que vão me ninando, findando meu dia. Um dia bom. Na consciência, nenhum arrependimento, tudo nos conformes de cada tempo… fico brincando com meus pensamentos, são meus carneirinhoszzzzzzzzzzzzzzzz … .

80

— Ai meu Deus do céu, se não é Malvina saindo da Casa da Mão Preta? Tem de tudo que é tempero aqui. Mas vende principalmente alguidar, búzios, charutos, velas... Que será que ela faz aqui? Tô de máscara. Espero que não tenha me visto.

— Edite, não adianta, de máscara eu te reconheço. Kkkkkkk. Vim comprar um tempero pra quibe. Diz que o daqui é ótimo.

Ah, pois sim. Sei muito bem o que você tá fazendo aqui, mulher, te manjo. Todo mundo pensa que você é evangélica, mas Tia Naná, que é ekede no terreiro de Mãe Glória de Nanã, me contou que uma segunda-feira por mês vai lá uma evangélica do cabelo todo trabalhado na escova, bolar no santo e receber seu Tranca Rua. Hum, hum... pela descrição só pode ser ela. Malvina é crente, mas é macumbeira de armário, macumbeira escondido dos outros. Pensa que eu não sei?

— Tá me olhando e pensando o quê, Edite, com essa cara? Já fez quibe com hortelã picado daqui?

— Malvina, acho que você entrou na loja errada. A Mão Preta vende mais material pra trabalho, pra macumba, sabe?

— Cruz, Edite, eu não sabia!!! Pra mim era uma casa só de tempero! Ih, chegou meu Uber. Tchau, Edite!

Foi correndo e nem percebeu a sacola furada deixando cair búzios pela estrada.

81

Não é que tô eu de novo atrás da tesoura? Adoro. Que invenção! E tem funções variadas. Pronto, achei a minha da cozinha. Vou cortar o frango. Tá bonito, apetitoso. Carne sem hormônios de crescimento indevido. Tô usando pimenta rosa, uma pitadinha de pimenta do reino, alho, sal, suco de laranja e não mais do que 5 folhinhas do raminho de alecrim. Hummm, que cheiroso. Vou deixar essa sobrecoxa sem pele, embebida nesse molho especial, regado a azeite, limão e uma pitada de curry e, enquanto isso, preparo a batata doce para corar ao forno.

Ai, ai ... queria ter coragem de ser vegana, deixar os animais em paz, parar de comer ave, uma coisa que eu acho tão bonita. Poxa, uma traição a gente admirar tanto o bicho que voa, pra no final traçar ele. Na infância fui amiga de algumas galinhas. Tinham nomes: Saltitante, Benita, Dona Botadeira e as irmãs Clara e Gema. Quem diria que eu seria uma devoradora delas? Acabo de cortar, separar a coxa da sobrecoxa com essa tesoura boa de cozinha. Ah, esse destino predador acaba com meu romantismo.

A campainha tocando?! Quem será, a essa hora? Uma encomenda. Olha, são as camisas do evento! Uma pra mim e mais 4 pra minha equipe. Dessa vez vou levar Brisa, Horizontina, Lady Falcão e Débora Bigode. Viajamos amanhã. Uma semana em Angra, cozinhando pra um Congresso de Tarólogos – Tarologia e mentes Transcendentais. A Cozinha da Mamãe assumirá o buffet de todo o evento para 300 pessoas. Só quero ver de onde vai sair tanto tarólogo e gente transcendental! Acredito no mistério, e o mistério dessas camisas é elas serem tão feias. Ninguém teve a ideia de colocar uma carta de tarô em cada uma? Não. O que que eu faço? Nada? Lavo a tesoura boa, com a qual cortei a galinha agorinha mesmo, e a utilizo para cortar e customizar a camisa feia do evento. Hummmm, olha que bonito que ficou: golinha canoa, corto um pouquinho no tamanho, quase uma mini-blusa. Ninguém vai reparar, confio no avental por cima. Hora de colocar a mistura no fogo e fazê-la assada na panela. Assim: deixo dourar no azeite um pouco daquele molhinho onde estava pegando tempero. Quando a água vai secando, é esse molhinho que eu vou jogando até cozinhar, até ficar todo marronzinho, dourado, atraente... Hummmm, como está cheiroso! Receita de mãe. Vou comer e vou dormir. Aaaah, não tô acreditando que faltou luz! Quê que é aquilo ali no quintal? Credo, parece que são os espíritos de Clara e Gema. Me culpando. Vou cozinhar uma descendente delas. Elas sabem. Pelo amor de Deus, gênio da lâmpada, faz essa luz voltar agora, faz? Se voltar prometo que amanhã amanheço vegana de vez. Prometo.

82

Diamantina com os seus olhôs sempre cheios de sombra colorida. Deslumbrante. Linda, e sempre com essas sombras coloridas cintilantes sobre os olhos, vem me dizendo:

– O bicho tá pegando lá na minha quebrada. Tanto tiro, Edite!

Vai falando isso e preparando água pra fazer café. Sempre bonita. Preta da carne dura. Linhagem de fortaleza.

– Edite, se eu não tomar um café de manhã a minha cabeça dói. É isso que eles chamam de dependência? Ai, tomara que não seja, porque já dou um duro danado, crio meus filhos com a maior dificuldade, ando mais de meia hora pra chegar no ponto de ônibus todo dia, e ainda vou ficar sem o meu café? Ah, isso não! Nem sem o meu café, nem sem a minha cerveja! Ninguém tira isso de mim.

– Que pena, Diamantina, saber que deu tiro a noite inteira lá. E minha afilhada, a Júlia, tem só 10 aninhos, deve morrer de medo...

– Pavor. Ela se esconde debaixo da cama, a bichinha. Tapa os ouvidos e depois dana a chorar. Fica me olhando do meio daquelas lágrimas grossinhas me pedindo: "Mãe, vamos mudar daqui pra um lugar diferente, que não tem tiro? Não quero morrer nova, mãe".

– Para, Diamantina. Não me conta isso. Estraçalha meu coração. Uma criança!

– Ah, Edite, outro dia pegaram meu filho do lado do menino que tava fumando um baseado. Os policiais pegaram os dois e já foram levando pro alto do morro. Foram me contar e eu corri na frente desesperada. Implorei pra eles: "Não mata meu filho não, pelo amor de Deus. Não mata esses meninos! Eles ainda nem homem são direito. Eu peço pelo amor que vocês têm pelos filhos de vocês".

Graças a Deus deu certo. O policial falou que dei sorte porque era aniversário da mãe dele, então tava de coração mole. Tá chorando, Edite?

– Tô, né, Diamantina, tô. Como se pode viver assim tão longe da lei? Não há pena de morte no Brasil. Eles não podem matar ninguém. Nenhuma autoridade pode matar ninguém. Como assim? Você tá dizendo que a polícia é fora da lei, Diamantina? Você tá contando que a polícia não respeita a Lei, a Constituição? Que dentro da polícia tem gente que devia estar sendo procurada pela polícia? É isso que você tá me dizendo?

– É isso, você falou tudo, Edite. Os policiais estão sendo bandido lá onde eu moro. Nesse ponto eu prefiro os bandidos, porque os meninos do tráfico me respeitam: "Boa tarde, dona Diamantina. Tá precisando de alguma coisa?". Se eu não trabalhasse, Edite, eram eles que iam me salvar com remédio. Até ambulância eles arranjam rapidinho, não sei como, mas arranjam.

– Ah, Diamantina… êta mundo trocado! Por isso que tem um escritor que escreveu um livro chamado "Cidade Partida", dizendo que a nossa é separada entre aqueles que o Estado olha e aqueles que o Estado rejeita.

– Eu sou da parte que o Estado rejeita, né, Edite?

– É sim, meu amor, mas é essa parte que o Estado rejeita que faz o país andar. Se essa parte parar não existirá mais cidade inteira. Se essa parte fizer greve, o país para e o Estado vai ser obrigado a respeitar.

– Ô Edite, se é assim, você que conhece um monte de gente, bora logo organizar essa greve? Se você quiser eu falo com os meninos do movimento pra ajudar.

– Espera, Diamantina, espera. Esse não é um momento

qualquer. Vamos ter que nos preparar. Exige paciência e estratégia. Vamos ter que preparar.

83

– Débora, não estou acreditando que você põe o prato do seu filho de 17 anos!?

– Qual é o problema, Edite? É meu único filho homem!

– O problema é criar menino machista achando que todas as mulheres têm que servi-lo desde sempre e para sempre. Quando você não está em casa, Débora, quem põe o prato dele?

– A irmã.

– Que tem quantos anos?

– 14.

– Tá vendo, mulher, como é que você faz? A menina mais nova servindo ao irmão mais velho? Qual é o critério? Gênero?

– Ah, Edite, se você continuar assim a nossa amizade vai acabar, sabia? Você só vive colocando minhoca na minha cabeça! Já reparou? Antes de você aparecer na minha vida eu nem sabia que eu sofria abuso psicológico por parte do Fernandes!

– Ah, é? E sua vida agora é melhor ou pior?

– Ah, melhor, né? Mas dói saber a verdade. Às vezes tenho saudades de quando era boba, e não sabia assinar cheque, não podia trabalhar que ele não deixava e mesmo vivendo com ele aqui, em frente ao mar, não podia ir à praia, comer peixe, comer frango, que é a minha carne preferida. Depois de homem, é claro.

Ficamos rindo as duas, ela foi passar no mercado, eu fui embora pensando se eu tinha o direito de ficar tirando as pessoas da inocência, nessa mania que tenho por libertação. Será que isso veio dos escravizados? Eu tô demais. Outro dia fui à farmácia … ih, peraí, será que essas panquecas com trigo integral vão dar certo? Primeira vez que faço. Pior que convenci aquela gente macrobiótica que dava certo. Falei antes de testar. Mas onde é que eu estava mesmo no pensamento? Ah ... na farmácia Márcia. Então, nessa tinha uma correntinha pra gente não chegar perto demais da moça que atende os pedidos, por causa da Covid. Entrei, de máscara, tudo dentro do protocolo e, como se eu ignorasse, sem saber, empurrei a corrente com a barriga, indo em direção à atendente.

– Senhora, não estica a corrente, por favor. Afaste-se.

– Desculpe, nem notei. Tenho esse hábito há mais ou menos uns 200 ou 300 anos! Costume de cachimbo não deixa a boca torta? Pois então: costume de quilombo quer abrir a porta, quer quebrar corrente. Não aguenta grilhão. A senhora desculpe. A linhagem lá de casa vem da estirpe de Dandara. É mais forte que a razão.

A moça me olhou, falou entre dentes, longe dos olhos do patrão:

"Eparrê, Iansã".

Sorri. Comprei meu remédio e vim pensando na Débora e nesta minha mania infinita de libertação. Eu, hein!

84

Mas que dia bonito de andar nele. Pisar na areia da praia. Dois dias de folga. Luxo. É bonito trabalhar cozinhando pro mundo, mas dá saudade de casa. Olha lá se não é Horizontina! Tá vindo ali parecendo que está fugindo de alguém. Caminhando rápido. Chegando cada vez mais perto pela areia fofa.

– Que isso, mulher?! Que afobação. E que disposição, parabéns!

– Tô fugindo!

– De quem?

– Da velha amarela.

– Que velha amarela, Horizontina?

– A que apareceu lá em casa quando eu fui me arrumar pra vir pra praia.

– Apareceu aonde, Horizontina? Que velha é essa? Você abriu a porta pra ela? Foi na sua casa?

– Quando abri a porta do guarda-roupa, a velha já estava lá dentro.

– Que sinistro. Cruzes!

– No espelho, Edite, apareceu uma velha, lá dentro, e eu tomei tenência e vim caminhar, queimar gordura, baixar meu colesterol, parar com os doces, tentar deter o oráculo. A velha era imensa, feia, sem sol, tinha cor de quem só assiste televisão ou fica jogando videogame sem parar. Não quero ser aquela.

E começou a chorar. Eu puxando ela, levando ela devagarzinho pela cintura. Enrolei os pés dela com vestido de Yemanjá, só com a parte da renda, da espuminha branca. Dá um mergulho, Horizontina, para sua beleza não ir embora, mesmo quando a velha chegar. Não precisa ser essa feia, pode ser outra. Bonitona.

– Pode?

Parecia que ela tinha virado minha filha.

– Pode sim, minha princesa.

Deixei ela no mar e vim pra casa. Fui tomar um banho e qual não foi meu espanto: não é que a velha estava no meu banheiro?! Fechei o espelho. Voltei correndo pro mar.

85

Cadeias do pensamento, como explicá-las? Mas ô minha Nossa Senhora da Boa Cuca, toda hora me vem na cabeça a cena: indo pro quarto, meu pé pisando na formiga no chão do banheiro. O tribunal, um júri severo com cara de poucos amigos. Minha advogada de defesa, intimidada, tentava:

— Minha cliente vive uma situação de extremo estresse na pandemia, não está acostumada a ficar em casa, em cárcere privado como toda a humanidade neste momento. Foi aí que, sem a intenção de matar, pisou no pequeno ser. Não viu direito, estava escuro.

— Posso me aproximar, meritíssima?

Ao que a Juíza assentiu com a cabeça.

Então, o promotor se aproxima e me sai com essa:

— Meritíssima, a ré sabia da presença daquela família ali. E apresentamos a prova obtida pela perícia na busca e apreensão: temos farelos dos biscoitos comidos pela ré provavelmente 8 horas antes do crime. Estes restos, com indícios da presença de chocolate e damasco e avelãs, traziam ainda os corpos dos parentes das vítimas agarrados neles que, infelizmente morreram dentro do saco de provas por falta de ar.

Ficou claro que do nada e por querer, matei a formiguinha inocente. Não precisava. Me deu maldade na hora. Confesso. Parece que meu pé quis matar a formiga. Cruz credo! Tá amarrado! Vou é desarmar este tribunal agora mesmo! Vou já já descer pra tapar o pote de mel e não atrair novos formigueiros. Não quero ser chamada de genocida nas ruas do meu pensamento. Não. Não quero. Deus me livre! Toda hora me vem a cena de meu pé sobre o ladrilho do banheiro matando a formiguinha que ia pequenina ao encontro dos parentes. Tô triste comigo. O que aconteceu? Terei me esquecido do "vinde a mim as formiguinhas?" Vai ver era até aniversário de alguma. Vai saber! Por isso a culpa repete na cabeça a mesma cena. O flagrante inegável. Houve quem filmasse. Quem? Sim, eu. Produzi provas contra mim durante todo o processo e o júri me condenou a bater nesta tecla, a ver em *looping* a coisa antiecológica, a cena contra o planeta. Eu, a inconsequente, condenada por um júri competente. Paciência. Ainda bem que a cadeia já é aqui dentro mesmo.

86

Leandro Licongo chegou na cidade. Quer me ver. Somos muito amigos. Como uma vez eu e Órion ficamos com ele na mesma casa e ele confessou a Órion que eu era como uma mãe pra ele, perguntou se Órion podia ser o seu pai de mentirinha. Ficamos então brincando de ser família. Já éramos todos pretos mesmo, foi fácil. Engraçado é que nessa casa, uma região muito rica de Brasília, onde estávamos fazendo um curso de culinária vegana, nos hospedamos num apartamento de um prédio chique que eram dois por andar. A produção do evento pagava a casa que a gente escolhesse no aplicativo. Uma beleza. Licongo faz aniversário no dia de Iemanjá, e resolveu fazer uma comida gostosa pra mim e Órion, pra gente comer no jantar, já que estudaríamos o dia inteiro naquele dia e ainda tínhamos treinamento prático mais cedo ainda no dia seguinte. Leandro Licongo estava inspirado. Resolveu que ia fazer uma comida baiana apimentada, com direito a camarão seco e tudo mais. E fez vatapá. E fez abará e acarajé. A cozinha tremia. Quando a campainha tocou, foi o meu amigo de avental e tudo, atender à porta, enquanto Órion organizava as bebidas no gelo. Era uma mulher loura, acompanhada do porteiro, nitidamente constrangido. Licongo, olhando nos olhos dela, pergunta:

– Pois não?

– Boa tarde, eu sou a síndica do condomínio e este aqui é o porteiro, seu José. Recebemos uma denúncia de ocorrência de macumba aqui.

– Denúncia de ocorrência de macumba?!?!?!

– É. E estou vendo que confere, olha aí: essa estátua de

santo, essas flores brancas, essa toalha de renda branca, essa taça de champanhe, essa vela grossa acesa, dentro de uma tigela com água, em cima da mesa do hall, em frente ao apartamento de vocês ... O senhor acha isso certo?

— Acho. A mesa estava vazia, pedindo uma toalhazinha. A presença do espelho confirma a autoridade das águas, porque todos os espelhos são filhos do espelho d´água. Hoje é dia 2 de fevereiro, meu aniversário. Eu sou filho dela. Você está falando da minha mãe, que não é qualquer uma. Trata-se de uma Rainha.

— Mas o senhor não vê o perigo? Senhor ...

— Licongo.

— Não. Eu tô falando o nome do senhor mesmo e não o apelido.

— É Licongo mesmo. Leandro Licongo. Fui eu que criei a rede de restaurantes Licongo. Não conhece?

— Então senhor Lic..., Leandro, essa vela aqui é um perigo. Pode pegar fogo no prédio. Aqui não tem ventilação ...

— A vela eu vou tirar, embora ela esteja dentro de um pote, pra durar sete dias, eu vou tirar, pra obedecer às normas anti-incêndio. Agora, todos os outros elementos do ritual, se você quiser, você tira. Eu nem posso mexer, porque fiz tudo na gira das sete horas e acabei de fazer. Só posso mexer de sete em sete! Tira. Tira você.

— Não, Deus me livre. Respeito muito o espiritismo. A minha avó...

— Aqui é Candomblé, minha senhora, e só estou falando porque Iemanjá é acolhedora, é materna, mas eu já vi muita gente endoidar porque não tratou dela direito. Afinal é ela que cuida das cabeças, né?

— É melhor não mexer não, né?!

– A decisão não é minha. Eu não posso ficar aqui nesse lero não, minha senhora, porque daqui estou ouvindo lá do fogão meu acarajé me chamando.

Eu, se fosse o Licongo, ia olhar na câmera, depois que ela fechasse a porta, pra ver se ela bem se benzeu, com medo. Toda cagada de medo. A ignorância faz isso. Vai ver, sabe de cor o nome dos deuses gregos todos, mas não sabe diferenciar Exu de Oxum. Pena que eu não tava em casa nessa hora! Órion falou que ficou olhando a cena de longe, vendo o porteiro acompanhando o episódio sem saber onde enfiar a cara. Ele foi obrigado a passar vergonha junto com a síndica. Esse é o mal do patrão: passar vergonha e ainda matar de vergonha a dignidade do trabalhador. Pergunta se Iemanjá acha isso bonito, pergunta.

87

Cheguei do congresso de comida goiana muito metida. Adoro o Goiás. Tudo ali pra mim é Goiás. Brasília foi feita em cima daonde? Do Goiás, ora. Eu achava que a culinária de lá se resumia a pequi e empadão. Não. Tem mais.

Voltei de lá com cada receita! Hoje tô na gira de fazer o tal do requeijão da roça.

Botei ontem dez litros de leite pra coalhar. Vamos ver no que dá. É, minha filha, botei ontem porque a culinária e o tempo são indissociáveis. Em tudo dela tem esse assunto, o tempo. Quem escuta uma receita quer sempre saber quanto tempo. Se você falar pra deixar de molho, pra cozinhar, pra degelar, pra assar no forno, pra amolecer, pra desmanchar, pra ser al dente. Tudo é questão de tempo na cozinha. Até tem o tempo de deixar a massa descansar, é mole? Agora é retirar o creme que forma por cima da coalhada e reservar na geladeira. Esquento a coalhada, vou lavando com leite quente até ele ir virando soro. Agora tiro o soro da panela. Pronto, a coalhada começou a dar liga, já estou tirando leite do fogo e também já vou colocando a massa pra escorrer.

Tcham, tcham, tcham, tcham! Agora, num recipiente grande, coloco o creme que tinha guardado na geladeira, o sal, o óleo, mas prefiro usar o azeite, deixo fritar até dourar. Vou colocando a massa aos poucos, vou mexendo essa massa até dar liga e soltar da panela. Pronto! Quem duvidou? Que beleza! Já podemos comer o delicioso requeijão da roça. E vou servir quente. Hum, que delícia. Só não é leve, né? Sei lá. O que fazer se o cliente tiver problema com lactose? Será que tem coalhada sem lactose? Existe? Se existir, vou usar e substituir o leite de vaca pelo leite de coco.

Ai que delícia de requeijão!

Estou fazendo igual aos atores: ensaiando o prato. E assim como imagino ser na vida deles, o ensaio também pode ser gostoso. Só fica faltando o aplauso do público. No meu caso, gosto de ver os olhinhos fechadinhos de prazer do comedor do prato, de ouvir o estalar da língua antes da espontânea frase saindo quentinha da mesma boca por onde a comida entrou: "Êta comida gostosa!". Esta frase que é meu aplauso.

É eu ouvir isso, eu posso dormir em paz. Só aí aparece pra mim no outdoor do pensamento, no vértice das avenidas iluminadas que nele descruzam, a frase escrita com letras garrafais: Dever cumprido, Edite.

Tô na cama já. Sábado vou servir essa receita de requeijão da roça, e vou deixar perto minha geleia de amora. Essa mistura não faz parte dessa receita original. Mas o que é que tem? Não vai ter nenhum goiano aqui pra me fiscalizar.

Tudo invenção, gente. Meu pensamento é. E a cozinha também.

88

Olha só quem vem ali! Eu sem tempo pra parar, mas gosto tanto dele. Era "dele", porque tá quase virando mulher de vez, se já não virou.

– Oi, Thiago, que surpresa boa!

– Ah... Edite, te encontrar aqui é sinal de que estou fazendo a coisa certa. Acabo de vir do cartório. Vamos beber, mulher, que eu vou te contar tudo. Agora não sou mais bicha não, Edite. Agora eu sou o que eu sonhei.

– Me conta, menino!

– Este brinde eu ofereço a sua mais nova amiga e a mais antiga: Senhorita Martins.

– Mentira! Você? Que beleza, tim-tim!

– Estou tão feliz. Você me incentivou tanto no ano passado, lembra? Conversei com minha mãe logo depois do nosso encontro, Edite, pra não perder a coragem, e ela me disse: Meu filho, eu não ligo de você querer virar mulher não. Sempre quis ter uma menina pra emprestar os meus vestidos. E você, pra minha sorte, sempre gostou deles. Desde pequeno. Mas eu tenho um pedido pra fazer. Quando você nasceu, eu soube que não podia ter outro filho e por isso me conformei de você não ser menina. Na época, a coisa que mais me fez feliz, era que eu podia botar em você o nome mais bonito que conheço:

– Thiago! Acho lindo. Nome de apóstolo. Nome sagrado. Pensei: com esse nome meu filho não vai ser qualquer um! Por isso quero te fazer um pedido: pode continuar a ser Thiago? Pode não mudar de nome, filho? Se veste de mulher, não tem problema, toma hormônio, bota peito, mas não muda esse nome bonito. Eu tô pedindo muito? Sempre gostei de dizer, "Thiago ligou, Thiago viajou, Thiago se formou, Thiago, meu filho".

Fiquei com pena, sabe, Edite, mas ela precisava me aceitar no novo gênero e isso eu não podia negociar. Porém para atender o pedido dela, optei por Thiaga Martins, o que que você achou?

– Que bonito, Thiaga, que gesto! Fez bem. É muita coisa na cabeça de um ser humano. Muita coisa pra ajeitar, pra entender. Sua mãe está tendo que fazer luto do menino que não existe mais, talvez nunca tivesse existido direito, mas em compensação, acaba de ganhar a filha sonhada. Que caminhos a vida tem!

– Obrigada, Edite. Mas tenho outra notícia boa. Estou virando uma trans cozinheira cientista, sabia? Fiz uma parceria com o Centro de Pesquisa e Nutrição da universidade daqui, e estamos conseguindo avançar cientificamente na produção de alimentos com forte teor hormonal. Ou seja, se na transição de um gênero para outro a gente puder fazer um complemento hormonal significativo com alimentação, será um luxo. Uma revolução!

– Thiaga, como o fato de você existir me faz feliz! Como o mundo demorou a entender que é diversificado! Sabe, eu converso com você e tenho certeza que a tão famosa e falada Era de Aquário já chegou!

89

O indígena sábio da linhagem dos Krenak tá falando sério e calmo pra todo mundo ver na TV. Olha lá: "O homem branco é o único animal que treina tiro ao alvo com a própria imagem. Aprende a matar o outro ensaiando num boneco igual a ele, à imagem e semelhança." Falou isso e começou a chorar. Em todas as tribos que eu conheço, nunca vi um ritual nem parecido com esse, ele prosseguiu. Entre nossos povos não é assim não. Morremos por ciclo. Ninguém ensina a matar o seu semelhante. O que as tribos ensinam é a vida.

Foi a primeira vez que vi o Ailton Krenak. Fiquei estatelada olhando pra TV, fixada nos olhos molhados do pajé, nas lágrimas dele eu vi a natureza chorar, e solucei.

90

  Se fosse pra eu falar a verdade pra mim, diria que não é fácil aqui dentro ... puxa vida, a sorte é que é diversificado... acho que o que tenho dentro da minha cabeça é uma espécie de TV a cabo, variações sobre os assuntos, tem série, histórias que parece que continuam..., gente que vejo sempre e acompanho sua vida íntima. São casos, casamentos e separações e que assisto como público, igual àquelas senhoras que botam as cadeiras pra fora de casa para assistir a vida, se assumem mesmo como público. São chamadas de fofoqueiras, mas são, sobretudo, observadoras da natureza humana, telespectadoras da nossa novela na tela que cada olhar é... ihhh, agora parece que fui profunda. Parece.
  Ai, ai, vai que não fui profunda nada e a vaidade tá me soprando essa besteira no ouvido? Isso é que atrapalha qualquer bondade. Qualquer coisa boa que a gente faz, em toda boa ação, parece que fica rondando a filha da puta da vaidade na sombra dos gestos, acompanhando a bondade, que saco! Sai pra lá, tu não serve pra nada! Tu só serve pra enganar a gente! Sai fora, dona vaidade! Quem te chamou aqui? A vaidade cobrindo as coisas como se fosse glacê, pra gente ficar bem gordo do que não precisa. Ah, eu inclusive, tô falando isso mas tô enrolando o tempo, por que tenho é serviço: vou ter que confeitar um bolo que inventei de fazer pra levar pro meu terreiro na festa dos erês. Inventei que eu mesma vou confeitar o bolo. Adoro. Não sou boleira, mas sou boa cozinheira, modéstia à parte, e isso consigo resolver. Porém, pra calar a minha boca e a boca do meu pensamento, adivinha o que que eu vou botar por cima do filho da puta do bolo?
  Glacê.

91

    Ai, ai, ainda bem que esse barulhinho que se ouve é da beira-mar do meu pensamento… o mar bate na areia. Aconteça o que acontecer, vagueie onde vagueie o meu pensamento, o mar bate na areia. Ô meu Deus, tem hora que acho que sou meio doida. Meu pensamento fica igualzinho à onda do mar, vai e vem… gosto porque banham as ilhas assim de mim, mas por outro lado me dá enjoo, às vezes. Ai, ai. Dizem que é herança da travessia do Atlântico. Memória dos antepassados que fizeram parte do tráfico de gente como mercadoria. Por isso Castro Alves perguntou: "Dizei-me vós, Senhor Deus! Se é loucura... se é verdade tanto horror perante os céus". Deus não fala nada até hoje. Quem é Deus? Um dia me disseram que é o amiguinho invisível dos adultos.

92

Sabe o que está passando na tela do meu pensamento agora? A cara linda de Cecília Guarani Kaiowá na nossa última conversa, antes de acabarem as minhas férias nesse verão. Como pode o diálogo ficar guardado em mim, direitinho? Ela se aproximando, vestida de verão e é de tarde. Cada uma na sua bicicleta, indo pros lados do poente. Tudo acontece em Grão de Vento, com seus lençóis de areia.

– É isso, Edite. Repara, se eu te falar os nomes de cada um, pasta por pasta, ministério por ministério, você só vai ver militar. Ele aparelhou o Estado de militares! Estamos cercados! Estamos vivendo uma ditadura militar.

– Não me diga isso, Cecília, realmente não me diga. Muita gente morreu, muita gente foi torturada, muita gente nunca mais voltou pra casa, muita gente desapareceu, Cecília. Como pode a ditadura ter voltado? Ninguém ficou vigiando?

– Ah Edite, que ninguém o quê! Eu fiquei vigiando, você ficou vigiando, mas quando a gente achou que ela tava já grandinha, a gente parou de ficar em cima...

– Será? Ah, Cecília, você me fala cada coisa. Não sabia que a gente tava vivendo uma ditadura, senão eu acho que eu teria uma outra postura. Vou ser obrigada a ser revolucionária e você também, se a ditadura voltou...

– Você vai ter que ser revolucionária, Edite? Você já é. É que você não percebe, Edite. Você já é. E eu também sou.

– Cecília, eu topo ser revolucionária, mas será que vou ser presa?

– Não. Não vai não. Ninguém sabe que você é revolucionária. Nem você sabia. Só eu.

93

    Gosto de Maria Alice ser minha irmã. Se não fosse a pandemia, ia lá visitar ela agora, tomar um café de tarde, com aquele bolo macio que só ela sabe fazer. Não sei como pode. Faz de qualquer jeito e o bicho não sola. Na mão, na batedeira, no liquidificador, um esculacho. Como é que pode? O bolo mais famoso da família não tem tecnologia explicável. Mistério... acho que é por isso que eu gosto de ser cozinheira, por conta do mistério e do infinito. Nunca vai acabar a quantidade de possibilidades de uma cozinha. Nunca. Alguém, talvez, nunca terá pensado em misturar caranguejo com guacamole, por exemplo. Adoro essas xícaras que Maria Alice me deu. Engraçado que foi no mesmo dia em que, sem saber, eu também dei umas xícaras lindas pra ela. Amou! Tudo que acha bonito ela chama de "escândalo". E exclama na frente de Washington:

    — Tom, olha que escândalo essa xícara!!

    — Escândalo por quê, Maria Alice? Ah, Lili, tudo pra você é escândalo! É só uma xícara pintada com flores margaridas. Qual é o escândalo?

    — Ai, meu bem, a textura, as cores, essa porcelana gostosa, lisinha, leve, a forma, sei lá, eu acho um escândalo!

    — Pois eu olho a xícara e vejo xícara mesmo. Escândalo pra mim é gente morrendo porque o presidente não comprou a tempo a vacina! Escândalo pra mim é a suspeita de ter corrupção na família dele que falou que ia acabar com a corrupção, e não se investigar direito. Isso que é escândalo!

    — Nossa, Tom. Tô aqui tomando meu cafezinho, estreando

a xícara que eu ganhei da Edite e você vem comparar um crime contra a humanidade com uma xícara dessas, que até combinar com meus óculos combina? Que violência, Tom. Que violência. Daqui a pouquinho vai querer até decretar um impeachment contra a minha xícara! Eu, hein?!

94

— Edite, o Danilo me deixou preocupada hoje de manhã antes de eu vir pra cá trabalhar com você.

— E por quê, Diamantina? O que é que houve?

— Ah… meu filho veio pro meu lado, na hora que eu estou pra sair de casa: "Ô mãe, tô sentindo uma coisa tão apertada no meu coração. Não sei o que é."

E começou a chorar, Edite. Esse menino chorou no meu ombro, mas esse menino chorou.... Já liguei logo pro irmão e disse pra ninguém sair de casa, e pra ele não sair, principalmente. Pode ser que vá acontecer alguma coisa, né, Edite? O que é que você acha?

— Eu acho, Diamantina, que existe gente que sente premonição mesmo, e que quando vai acontecer alguma coisa grave, realmente sente. É raro, mas tem. Só que nessa situação, não acho que seja o caso do Danilo. Conheço ele desde pequenininho, nunca teve disso.

— E o que que pode ser?

— Ele é adolescente, estamos em pandemia, ele tá angustiado, parou de estudar, não consegue trabalhar, tem um buraco no lugar do futuro dele. Acho que o choro dele tá te pedindo socorro.

— Então você acha que não vai acontecer nada com ninguém não, Edite?

— Não vai acontecer nada com ninguém não, Diamantina. Já está acontecendo com ele.

95

Suco de maracujá com banana, ô mistura! Falo pra todo mundo que gosta de ousar na mistura das frutas brasileiras e fica todo mundo encantado com a dica. E olha que eu faço com água. Nem tudo na vida é suco de laranja não, gente! Fica muito gostoso... a banana torna a mistura mais cremosa e ainda quebra a acidez do maracujá. Tudo isso no sentido do meu paladar, né? Cada um tem o seu.

Outro dia, o padrinho de Órion resolveu fazer uma caipirinha com banana e maracujá e me deu. Bebemos tanto, que ficou todo mundo doidão. Foi aí que o padrinho dele me disse:

– Edite, você casou com um rapaz de ouro. Cabra de coração bão. Quando ele era garoto, da idade do meu filho, chamei eles pra levar pro puteiro. Me lembro até hoje da cara dele me olhando e dizendo... "Muito obrigado padrinho, mas não vou não. Vão vocês, vão se divertir. Eu adoro mulher, mas nessa não vou não".

– E por quê, posso saber, meu afilhado?

– Ô padrinho, não leva a mal não, mas é que gosto de beijar na boca. Tudo pra mim começa beijando na boca e essas moças estão trabalhando... é diferente.

Não sei mais o que faço pra botar rédeas no meu pensamento não. Eu só vim fazer um suco de maracujá com banana... Como é que eu vim parar na porta de um puteiro, com o padrinho de Órion? Não tô dizendo?! Às vezes tenho certeza de que eu é que sou o cachorro que meu pensamento leva pra passear.

96

De vez em quando paro no espelho, como agora, e fico fazendo reconhecimento de rotina:

– Quem é você?

– Edite.

– Edite de quê?

– Edite A Pimenta Dias

– Edite A? De que essa abreviação?

– É "A" de Aurora. Nasci de manhãzinha, na boca da manhã, e minha mãe fez questão de homenagear o nascer do sol. Então comecei a assinar Edite A. Pimenta Dias. Aos poucos passei a assinar sem o ponto, "Edite A Pimenta Dias", aproveitando que eu sou chegada a um tempero. Mas aí, com a correria dos dias, com tudo pedindo menos palavras, passei a assinar Edite Dias. Afinal, é o que faço aqui no meu bairro de ponta a ponta.

– Idade?

– Não tenho. Não sei. Me perdi. Perambulo de galho em galho na imensa árvore e alterno a menina, a jovem, a adulta, a velha, a criança, a ancestral, tudo no mesmo balaio. Se você não sabe a minha idade, eu que vou saber? Pronto. Agora acabou o conversê. Está satisfeito, senhor espelho? Tá bom pra você?

97

    Cassandra... Cassandra... Ai meu Deus, será que vai dar certo? Às vezes bato assim na porta do pensamento de Cassandra e ela atende. Ela é muito minha amiga, nós somos muito ligadas, e por isso dá certo o método, só que ela mora longe... também moro longe dela, nós moramos longe uma da outra no território físico-geográfico-quilometral. Mas, em verdade, em verdade, moramos perto. Meu bairro é perto do bairro dela. É praticamente o mesmo bairro. É só ir lá e bater na porta dela que ela também pensa em mim. Aí me liga pra completar a grande conexão. Mas hoje não tá funcionando. Geralmente funciona e ela me liga dizendo: "Edite Piaf"... Ela adora brincar, me chamar de Edite Piaf, só me faltava essa. Mas aceito. É brincadeira de amor e além disso, Edite Piaf foi uma grande compositora, uma grande cantora, mas foi infeliz no amor. Bem, assim diz o filme, e acredito em filme. Acredito muito em filme.

    Cassandra, queria que você estivesse aqui pra gente dar uma voltinha na filosofia da vida, pra falar como a vida é bonita, pra falar de como a coisa mais bonita da vida é a gente gostar dos amigos. Cassandra, atende querida, vamos tomar um porre imaginário e brindar à cosmovisão. Cassandra.... vou insistir.

98

Aiiii, caralhoooo, queimei meu dedo!!! Que ideia, onde que eu tô com a cabeça? Como é que alguém tira uma água fervendo de um fogo e pega na tampa fervendo? Sem proteção?

– O que que há, tá querendo se matar, Edite? Quer se suicidar sendo queimada viva, começando pelas mãos?

– Ai, dona Voz, não esquenta minha cabeça não, que eu tô procurando desesperada um tomate pra enfiar os dois dedos queimados. Putaquepariu. Achei! Ai, que alívio. É dica da minha mãe. Não sei o que acontece, mas o tomate parece fazer uma super hidratação e não deixa criar bolha. Bota a dor pra correr igual as vezes que eu boto a dona Voz pra correr daqui.

Dica que não posso deixar de dar pra ninguém: se queimou, enfia o dedo no tomate. Se for no braço, amarra uma rodela sobre a queimadura. É pá-pum. Outro dia, no desespero, encostei o braço, na verdade o cotovelo, na panela quente e saí com dor, no encalço de um tomate, pelo amor de Deus! Não tinha. Tasquei sabe o quê? Ketchup. Fiquei boinha da Silva na hora. Mistério.

99

Tia Eulina diz que foi a esquerda que inventou o racismo! Ai, ai, que preguiça.

Vai me desculpar, mas fica difícil esquecer que existe banana frita. Que gostosa. Que jeito de ser inesquecível. No paladar, ela reina e sabe o que está fazendo. Como sei que muita gordura entope as veias, pesquiso alternativas de modos mais saudáveis de fritura sem serem frituras. Hoje vou usar a técnica de assá-la ao forno, coberta levemente só com água, açúcar mascavo e uma nuvem fina de canela em pó. Chama-se Banana Celestial. Êta sobremesa gostosa, cheirosa que só!

Não sei pra que tia Eulina foi me falar aquilo.

– Tia, isso é um delírio! O racismo é um sistema que foi inventado por quem precisou explorar nosso povo e culpá-lo ao mesmo tempo. De onde a senhora tirou que foi a esquerda que inventou? Que ideia mais estapafúrdia!

– Edite, antes do governo de esquerda não tinha nenhum preconceito. Todos éramos iguais: índios, pretos, até os viados a gente fazia vista grossa pra não ter problema. Hoje não. É um brasileiro contra o outro.

– Tia, eu tenho dois quilos de frango temperado pra assar na panela, muita coisa pra fazer e não tenho tempo pra ficar discutindo essa loucura por telefone. A senhora me desculpe.

– Não, minha filha. Não vou te atrapalhar, só estou ligando porque Devanir chegou meio mamado da farra e falou pra mim que você mora num bairro cheio de comunistas. Mesmo você não tendo mais criança pequena, eu me preocupo.

– Eu só queria que a senhora perguntasse ao Devanir quem é o culpado de ele ter passado a vida tentando um cargo melhor no banco e nunca ter conseguido, mesmo tendo estudado tanto. É por isso que ele bebe tanto assim, tia. O alcoolismo de Devanir vem do jeito com que o homem preto é tratado desde sempre. E às vezes, esse homem fica tão cego que acaba votando a favor do seu algoz.

– Tia? Ih, desligou!

100

– Êta nós! Acabei de saber que não só Tule comeu 3 pratos do macarrão que eu fiz e mandei pra ela como prova de amor, como também que ela chorou quando recebeu o mimo. Isso, sim, acaba com qualquer semente do mal que pense em se desenvolver no meu coração. Me nutro desses afetos e com este tipo de dose me sinto totalmente dentro da minha medicação.

101

Chegadinho no tempero e por isso gostoso pra danar. Mas não é feijão meu, não. Hoje eu tô chique, tô vip. Sou visita convidada. Não tô nadica de nada preocupada, sei que a feijoada vai dar pra todo mundo. Claro que vai. Já viu faltar comida em festa preta? Quando cheguei às quatro, Macalé, a dona da casa e secretária de educação do lugar, já veio me puxando lá pra dentro, pros lados da cozinha de onde vinha uma fumaça cheirosa, enfeitiçadora perfumada a alho: "Edite, você hoje é freguesa de minha comida!"

Macalé é linda! Macalé Bispo, irmã de Acotirene Bispo, a grande poetisa!

Como a vida é: às 4 ainda tinha muita comida! Me lembrei de uma feijoada que fui semana passada, numa casa chique, na Barra da Tijuca, no Rio de Janeiro. A feijoada tava marcada paras às 12:30 e eu cheguei às 14 achando que estava chegando em boa hora. Morrendo de fome.

— Ah, minha querida, que felicidade te receber. Hoje mesmo Eunice disse: "Rogéria Coimbra, sua comida está à altura do paladar aprimorado da Edite.

— Que é isso? Minha cozinha é normal, não exagerem! Sou boa de boca como qualquer brasileiro que se preze. Vou pegar meu prato, então. Deve estar uma delícia esse feijão.

— Infelizmente a feijoada já retiraram. Já são 14 horas, mais tarde vão servir os petiscos e cervejinha. O DJ está empolgado. Mas se tiver com muita fome, Edite, a sobremesa está servida e tem cada doce de comer ajoelhada. Essa ambrosia, hummmm ... sinta-se em casa, Edite.

Traumatizei. Tinha já pensado no gostinho da linguiça, da feijoada na minha boca, na farofa, na couve, na carne seca cozida, num feijão com muita personalidade. Ilusão. Em festa de gente chique retiram a feijoada duas horas depois de posta. Ninguém renova. Não passa a tarde no fogão aquela panelada preparada para a boca de cada convidado e de cada amigo do convidado que chegar. Eu tava numa festa chique tendo que matar a minha fome de feijoada com colherada de ambrosia, é mole? E o pior, êta doce sem graça! Fui embora achando aquele divertimento muito esquisito e a psicologia do meu estômago não estava preparada para comer petisco com cervejinha nem ambrosia: eu queria era feijoada. Desde esse dia, desenvolvi uma fome específica de feijoada legítima, de feijoada feita em casa de gente preta, e estou matando essa saudade agora, na casa iluminada da irmã de Acotirene, Macalé. A família Bispo tem estirpe, cultura, linhagem. Achei tão interessante na porta da casa de Macalé uns versos escritos, fragmentos de um poema da irmã: "Sou negra, sou esta noite. O manto sou eu, quem cobre sou eu, centelha. Sou negra, sou o brilho da estrela".

102

    Deixa Beijar, Neblina, Zazá, Doce Orgulho, Boca Doida, Gata Manhosa, Grafite, Chuva de Prata, Gabriela, Rubi, Cristal, Cancún, Primeiro Amor, Ameixa, Chuvisco, Areia, Paixão, Aquela Noite, Doce Desejo, Perdição, Carmim, Véu de Noiva, Segredo, Amor Perfeito, Sol da Manhã, Aurora, Crepúsculo, Pinta o Sete, Descolada, Atrevida, Sem Dono, Pantera, Mocinha, Pitanga, Dona do Jogo, Seta Vermelha, Malícia, Jóias das Águas, Love, Marrom Mutante, Rosa floral e Café com Rebu, uma dupla sem concorrência. Sem nenhum esforço, desfilam por conta própria esses nomes todos, tudo escrevendo aqui dentro, na tela do meu pensamento começando com letra maiúscula, como cabe a um bom nome próprio. Quem iria dizer ou adivinhar que é tudo nome de esmalte? Quem saberia? Por que será que se põe tanto sentimento e sentido em uma simples tinta, num verniz? Unha pintada é fetiche, será? Vou perguntar ao doutor Zanine. Indígena pinta unha, rosto, indiano também, africano idem. Eu, hein? Pra que tudo tem que ter profundeza, explicação? Vou já é passar uma camada de Saudade com cintilante Emotiva de Verão. E você, vai dormir, dona Explicação. Entendeu? Dormir! Quer que eu passe um esmalte nocaute na sua unha, quer?

103

A cara do meu pai, os olhos, o cheiro, o jeito de falar todo expressivo, contando histórias, fazendo comparações, análises. Aprendeu muito na escola da vida. Pelo menos as lições mais importantes, eu acho. A tarde tá parada, eu sentada descansando de ter preparado a massa e cortado em forma de meia lua e recheado ainda por cima, e depois ter fechado 750 pasteizinhos, quem acredita? Horizontina até me ajudou de manhã com a massa, mas aí, Urano teve crise de asma e ela teve que cuidar dele. Com a festa já toda combinada, não tinha como fugir. É tudo com a mamãe aqui. Quem pariu Mateus, que o embale. Quando a Cozinha da Mamãe crescer mais, eu vou botar na equipe uma babá pra cuidar dos filhos das minhas funcionárias. Isso meu pai dizia:

— onde tem lugar pra mulher, deve ter lugar pra criança.

Pai, é de tarde, tô cansada. Não sei aonde você foi morar depois que morreu, talvez debaixo da terra e se transformado em adubo e árvore e pronto, ou na ilusão do céu, onde ninguém tem corpo. É por isso que eu te deixo aqui, estampado, pr'eu ver. Pra não viver atormentada por essa dúvida, de como é a existência pós morte, tasquei foi um pôster seu, bem grande, na tela da folha de rosto do meu pensamento. Folha de rosto. Não inventei esse nome, a expressão. Mas ponho o rosto que eu quiser nela. E é o seu.

104

    Não vou gastar desejo com um último pedido ao gênio. É cedo pra isso. Vai que eu viva momentos futuros de maior precisão... Quem vai saber? Aliás, vou conversar com o gênio e perguntar por que só três desejos. Não é gula. É curiosidade. Se eu fosse pedir, ia pedir para garantir a liberdade aqui do meu quintal. Aqui, por exemplo, tem uma mangueira que dá o tempo todo. Híbrida? Fake? Experiência? Cruzamento botânico? Sei lá. Só sei que ela dá o ano inteiro pra quem quiser chupar.
    Então, me diz, de todos os lugares que a gente conhece, onde que se iria achar um lugar deste? Qual território tão seguro assim para a gente se espalhar na nossa verdade, sem medo? Existe algo mais perfeito pra isso do que este terreiro, essas ruas, este universo de quintal? Responde.

105

Já tô eu andando na boca da noite e avistando, lá no fundo da rua, Neco e Cássio voltando de mãos dadas. Neco tem um bundão e um bundão com forma feminina. Ele é negão alto, deve ser difícil pra sair do armário. Quanto maior a bicha, maior precisa ser o armário pra se esconder. E a coragem ainda maior. Que luta! Isso lá é vida? Ontem mesmo, quando Claudina veio trançar meu cabelo, desabafou:

– Edite, meu neto confessou que é viado, é mole? 22 anos! Uma bitola de negão que você precisa ver. Um desperdício.

– Uai, desperdício pra quem?

– Pras mulheres que gostam de homem gostosão assim, poxa.

– Eu, hein, qual o problema? Ele vai agradar aos homens que gostam. Que ideia, Claudina!

– Ah, Edite, eu fico achando que é safadeza, pouca vergonha, falta de vergonha na cara.

– Não é, Claudina. É da natureza dele. Ninguém vai escolher uma vida assumida num mundo homofóbico por safadeza. Quem quer ser assassinado só por desejar alguém do mesmo sexo? Tá maluca? Quem quer ser discriminado o tempo inteiro? Ah, Claudina, falando o português claro, cu não tem nada a ver com caráter.

– É verdade, Edite. Meu neto é bom. Sempre foi e sempre vai ser bom. Não vai deixar de ser só por causa de viadagem. Tô até mais calma.

106

Gosto mais de namorar com ele em pé. Desde que a gente casou, que a gente namora já na cama. Já começamos deitados. Gosto tanto de começar em pé. Em pé é bom porque esfrega, a gente vai sentindo o pau duro. Tão bonito. Tô falando isso sozinha. Pensando sozinha. Ninguém pode ficar falando isso que eu tô pensando. Ninguém pode falar? Por que não pode falar? Por que ninguém compartilha oralmente suas posições preferidas? Deve ser querendo dizer que isso não interessa a ninguém, querendo dizer privacidade. Mas não interessar é diferente de proibir, não é? Vou verificar isso mais tarde em dicionários antigos... Coitado do pensamento, uma caixinha imensa de segredos e afazeres. Quem que dá conta do país do pensamento? Quem traduz essas vielas?

107

Quando Caetano tinha 4 aninhos, me perguntou com aqueles olhinhos cor de mel:

— Ô mamãe, por que a gente tem esse buraquinho aqui, que a gente chama de bigo? Serve pra quê?

Eu já tinha explicado pra ele, mais de uma vez, que ali era a marquinha onde cortaram o cordão que ligava ele à mamãe. Eu tinha explicado que ele tinha vivido um tempo na minha barriga, alimentado por tudo que ia dentro dessa cordinha mágica chamada umbilical. Mas a explicação não encontrava nele chão, assentamento, lugar. Na hora parecia que entendia, mas descompreendia rápido e voltava a perguntar. Crianças têm parte com o encantado. Me lembram muitos os artistas, em especial os atores. Afinal, quais são os únicos seres, além das crianças, que falam: "agora eu sou bandido, "agora ela é a rainha", quais? Só os atores e as crianças brincam de existir na pele dos outros.

Expliquei pra ele tudo de novo há um mês e já vem me perguntar outra vez. Então resolvi brincar de contar o que me contaram quando eu tinha a idade do Caetano. Não sei se meu avô, não sei se minha avó, mas é antepassado e o dito veio pra mim como uma estrada segura. Então resolvi passar pra frente:

— Caetaninho, meu amor, você sabe como nasceram os nossos umbigos?

— Eu acho que esqueci, mamãe.

— Quando Deus criou os seres humanos, Ele fazia e contava. Em seguida separava em grupinhos, para que não se perdessem. Mas como Ele começou a fazer muita gente, criou um jeito de saber quantos estavam terminados e quantos faltavam para fazer os acabamentos. Então, Deus, pra ficar tudo organizadinho, começou a fazer assim: "Esse aqui tá pronto, esse aqui tá pronto, esse aqui tá pronto..." E botava o dedo d'Ele na barriga da gente, quando a gente ainda era de barro. Então é isso. Umbigo é a marca do dedo de Deus na gente. Entendeu agora, meu amor?

– Nunca mais vou esquecer, mamãe.

Estou pondo as folhas de cidreira em infusão nessa xícara chique que eu ganhei de Maria Alice e parece que tudo que eu penso agora eu sonho. A boquinha de Caetaninho vermelha me olhando na tarde, e pedindo mitologias, arabescos, simbolismos, fantasias.... Tudo está passando agora na minha cabeça como uma Sessão da Tarde. Muitas vezes, quando eu banhava aquele corpinho, a quem tanto ensinamos a viver, o banho acabava em risadaria, em correria de toalha pela casa; o menino escorregadio ia gargalhando peladinho e eu brincando de Deus e criatura com ele, procurando a barriga pra futucar o buraquinho da gênesis, a cicatriz:

– esse aqui tá pronto, esse aqui tá pronto, esse aqui tá pronto...

108

 Ai, ai, que engraçado e trágico ao mesmo tempo: deixei de comer a comida no buffet que preparei aqui perto no clube e vim comer no hotel. Ah, enjoei da minha comida! Resolvi pedir então um filé mignon ao molho de alho, acompanhado de brócolis japoneses cozidos no vapor. O cozinheiro me perguntou como é que eu queria o filé. Eu disse: ao ponto pra mais. Na hora, quase que expliquei pra ele isso, na minha concepção de cozinheira. Mas é chato ficar dando pitaco no fogão que você não está pilotando. Aqui sou só freguesa. Tenho que me convencer disso. Minha cozinheira tem que saber o lugar dela. Aqui eu posso reclamar depois do prato pronto, mas como freguesa, porque não tô aqui pra dar aula sem ninguém me pedir. Ninguém tá trabalhando pra mim, na minha cozinha agora. Coisa feia.
 Pensei tudo isso e me calei. Resultado, aconteceu o que temia/previa: o bife veio com sangue. Era isso que eu ia explicar; ao ponto pra mais quer dizer sem sangue. Ao ponto quer dizer com sangue. Depois vem o bem passado, mas... veio sangrando... pedi pra passar mais... Quando pedi pra passar mais o meu coração tremeu. Sempre há uma vingança. E houve: o garçom me entregou um bife esturricado, quase queimado, na malcriação. Deu saudade da minha comida. Se a gente cozinhar com raiva, aparece no prato.

109

Ai, que bom: achei meu anelzinho preferido! Tava sumido desde ontem, depois que o tirei pra pintar o cabelo. Gosto de brincar de cores nele. É bonito ter cabelo. Sou muito apegada a esse anel porque ganhei de presente no dia que recebi o Prêmio de Melhor Cozinha Brasileira para Todos. O prêmio faz parte de uma iniciativa internacional que premia projetos de igualdade na alimentação. Que ideia boa que a gente teve, eu e Horizontina: cozinhar comida gostosa e de muita qualidade para as escolas públicas e para os presídios. Com o dinheiro do prêmio comprei, entre outras coisas, este anel. Esqueci de lembrar que fui eu mesma que me dei de presente. Por puro merecimento. Será que foi minha vaidade que comprou pra mim? Ou foi apenas um rito um pouco mais caro, porque é uma pedra preciosa? Uma granada brasileira. E que tem em volta umas discretas esmeraldinhas. Tudo da nossa terra. Das entranhas desse país. Tudo das Minas Gerais. Foi lá a premiação. Não é à toa que lá têm cidades chamadas Diamantina, Ouro Preto. As mãos pretas é que sabem. Se fosse justiça com quem achou as pedras, tudo aquilo seria nosso. Parece que esse cachorro que está latindo lá fora agora está confirmando meu pensamento. Como a gente descamba aqui! Como é que pode?! Se eu não mando no meu pensamento, quem mandará? Fico boba como é que eu confio assim. Porque eu vou. Parece também uma música que o balanço do rabo dele dança, e isso me encanta. Meu pensamento não para e balança o rabo pra mim. Meu pensamento me leva. Sigo apenas ao lado dele, como quem segue seu dono por prazer. Não carece de botar coleira em mim.

110

Já vim eu parar na Sala da Memória. Isso aqui tá uma bagunça! Essas fotos... tô me lembrando do dia em que nem esfreguei a lâmpada, só encostei a mão nela e o Gênio apareceu. Nesse dia ele disse que a gente ia evoluindo em nossa relação e que, no final, eu nem ia precisar tocar, ou esfregar o objeto. Era só pensar nele que ele apareceria. Fiquei boba, não entendi nada, fiquei só mostrando umas fotos desse álbum que volto a ver agora: meu pai, minha mãe dançando no salão muito antes de eu existir. Vejo o diálogo:

— Como você é cheirosa e dança como uma bailarina, que ritmo encantador.

— Como você é elegante com as palavras! Hum, deve ser um baita galanteador, né?!

— Quando se está diante de uma rainha, a gente não pensa, as palavras brotam...

Ela pousou a cabeça no ombro dele, como se reconhecesse ali o amor sonhado.

Inventei? Me contaram? Concluí? O que é memória? O que é verdade? O que é desejo? O que é invenção? O que será ilusão? Meu Deus, você tá aí desde que horas, Gênio? Que susto!

— Desde a foto de você na praia com sua avó. Vocês duas e o mar.

— Mas você já estava sentado aqui, em cima do mesmo baú?

— Sim, vim te lembrar do seu terceiro desejo.

— É só pedir?

— Como sempre.

— Aaah então, eu quero ter um programa de TV, de internet,

um blog... sei lá! Quero falar da comida e da vida, uma coisa assim, tipo...

— Programa de receita?

— Aí é que tá, eu quero fazer uma coisa diferente. A boca é tão importante para o funcionamento do mundo! Sei lá, não tenho ainda certeza do nome, mas será alguma coisa tipo "Boca do mundo", eu acho. Pela boca entra alimento e sai palavra, que alimenta também. Bem, só sei que o pedido tá feito. Mas tem uma coisa, não precisa ser de imediato, tá? Não pode ser hoje porque não tenho nem roupa, nem convidado e você é muito apressadinho pra realizar os desejos da gente.

— Pode deixar. Vai ser na sua hora. Edite, muito obrigado por me deixar morar aqui. Também tenho direito a alguns pedidos, sabia? Só que o fundamento diz que não posso nunca pedir nada só pra mim. Minha aspiração envolve o outro.

— Faça seu desejo, Gênio, eu topo. Gosto da sua companhia.

— Vamos tomar um vinho comigo?

— Genteee, eu não sabia que Gênio bebia não! Vou pegar as taças.

— Essas aqui?

— Você é mágico mesmo. Gosto de te encontrar aqui dentro. Você tem certeza que o seu sistema funciona, né?

— Claro. Eu cumpri o seu desejo.

— Tem certeza de que ninguém tá lendo meu pensamento? Às vezes eu tenho a impressão que estão me lendo e aí vão saber de tudo o que se passa na minha cabeça... eu te pedi tanto... Você me garante que ninguém nos lê? Ninguém tá vendo a gente aqui dentro?

— Claro que garanto, meu anjo.

– Nossa, que boca bonita que você tem, Gê.
– Quero te beijar.
– Pera aí... Você me garante mesmo que ninguém tá vendo isso?
– Garanto. Só não garantiria se eu fosse uma invenção sua.

111

Êta, cabeça, por onde anda agora tão tarde da noite? Lá fora a noite cobre o sono dos viventes que labutaram o dia todo, mas aqui a oficina do penso não se anima em parar. Mesmo agora, depois do fogo que nos incendeia fácil e natural, estou aqui com a cabeça a mil. Ele dorme gostoso aqui ao meu lado. Aos poucos sua mão que me foi dada vai afrouxando a pegada na minha pra dar-se inteiramente ao sono real. Meu amor curte pegar carona no sono profundo depois do gozo, estado etéreo de alto relaxamento a que os franceses chamam de pequena morte.

Eu sinto o mesmo, mas resisto. Desde criança brigo com o sono. Não quero perder nenhuma parte da vida. Agora, por exemplo, quero é a consciência dessa felicidade. Se eu dormisse, quem a sentiria? Cochilo e desperto. A noite não se intimida de não ser a única testemunha da sagrada sacanagem que acabamos de fazer. Meu amor dorme, e não me entrego logo ao colo de Morfeu. Corro de olhos fechados nos meus desertos prados, viajo. Percorro a geografia de existir aqui. De resistir. Estou emaranhada e satisfeita no sertão do ser. Meu cangaço.

112

    Gente, a humanidade virou uma devoradora de presentes! O tempo presente está superlotado e ninguém tem tempo pra nada. Estamos correndo velozes e alucinados em busca do futuro. Querem que tudo seja fast food. Coitado do tempo presente, coitadinhos de nós. Espremidos na lata de sardinha, ansiosos para o próximo momento, seguimos rumo à felicidade que parece sempre estar posta um pouco mais à frente. E nunca está lá. Cada coisa tem seu tempo e o chato do fast food é isso, não respeita cozimento, preparo, tempo de crescer a massa, tempo de ficar curtindo no molho marinado. Pois não contem comigo. Estou de pé na caçamba do presente, pilotando dentro do tempo, esse orixá, meu fogão mágico. Um fogão de muitas bocas. A hora de agora me alimenta. Aqui a minha comida não demora mas não é feita correndo não. Uma boca diz: A pressa é inimiga da refeição.

113

Ô bairro bom. Ainda moro no mesmo bairro. Aqui se a polícia entrar na casa dos outros esculhambando tudo, enfiando fuzil na boca de morador, esculachando a dignidade da família ... hum ... A força do mistério, a força do oculto, hum... dá uma surra nesse policial que, mesmo ele sendo culpado, dá pena. Sem contar que tem um grupo muito organizado que fica sempre cuidando para que o coletivo não ataque o combinado. Pra que nenhum indivíduo atente contra a paz de todos. De tarde, Alma, Razão, Eu, o Super Ego, o Inconsciente, a Doideira, uma turma grande, colocamos as cadeiras na frente da casa e ficamos espiando a rua. Vendo seu Honório voltar com o pão quentinho, pontualmente às quatro e vinte da tarde. A gente não vê, mas sabe bem que tem as boquinhas dos netos esperando seu Honório voltar também com leite e sonhos. Não falei da trilha: tem sempre uma música tocando aqui. Aqui, quando não tá tocando nada, tá tocando. Pode ser que do lado sul do bairro se ouça no meio da madruga: "senta, senta, senta no colinho do papai, aguenta, aguenta, aguenta, que agora a vara vai ...". Eu mesma se estiver acordada vou lá balançar a raba. E do outro lado, no norte da coisa, tá tocando é macumba forte, tá rodando é gira. Fora esses dois mundos, o meu bairro tem muitos lados e em cada um acontece uma coisa: tem carro de som, toca um fado, um jazz, um choro, um samba, um rap, um silêncio. O silêncio, a gente sabe, é sempre feito de um barulho que o compõe: mar, passarinho, grilo, sapo, essa gritaria que chamamos silêncio da noite. Enfim, como é na beira da praia, o mar vem sempre bater aqui e faz parte do fundo de todos os sons, uma onda pocando aqui, ali.

Outra coisa boa é que toda casa tem jardim. Quase ninguém anda de carro, tem muita bicicleta e transporte que mais se usa é avião e trem. Todo mundo pode andar de avião porque é barato, popular. Ah, ia esquecendo de dizer, as crianças aprendem a construir casa, a cozinhar. Na escola daqui, um turno durante os primeiros quatro anos, a criança passa dentro de uma tribo indígena para aprender a viver da natureza. É bonito. Ninguém fica bobo nem traumatizado. Quando cresce já sabe construir uma casa porque brincou de aprender e não despreza os outros só porque são trabalhadores da construção civil. Também sou mestre de obras da minha vida e não tenho vergonha de falar.

Aqui mora sapata, mora piranha, mora preto, mora branco, mora transgênero, travesti, gay, lésbica, sandália, cis, bicha tenor, bi, não cis, binário, não binário, até hétero. Ninguém nem pensa que alguém tá errado por causa de ser quem é. Por isso que eu não mudo daqui. Quem quiser pode andar pelado que nem eu faço aqui dentro. É isso mesmo, ando pelada o tempo inteiro. Bato perna. Chego pelada na casa de material de construção, Rei da Gambiarra.

– Seu Ferreira, chegou minha furadeira que eu pedi?

Sei que ele acha meus peitos bonitos, mas não fala nada não. Aguenta o desejo calado. A força dos direitos humanos é muito forte aqui. Volto pra casa com o objeto comprado na mão, a bolsa pendurada no ombro, chinelinho havaiana, balançando o bundão. O silêncio do bairro inteiro me acompanha, mas não tem constrangimento, nem opressão.

O céu do começo da noite já exibe a primeira estrela. Toca um delicioso som de um acordeom. Não quero nunca sair daqui. O bairro do meu pensamento é muito bom.

Coleção O pensamento de Edite

Volume 1: Livro do Avesso, 2019
Volume 2: Quem me leva para passear, 2021.

Posfácio

Era janeiro de 2021, eu fazendo o filme "Papai é Pop", em São Paulo com Lázaro Ramos e Paolla Oliveira no elenco, no leve e profundo divertimento que foi esse trabalho. Para nos levar do set para nossos hotéis, foi designado Marcos Vinícius Turíbio, o nosso Marcão, saxofonista e motorista da melhor qualidade que, com sua competência e "boa gentisse" nos guiava pra lá e pra cá em excelentes conversas. Em nosso primeiro dia, pedi que ouvisse trechos do livro que eu estava escrevendo, do qual eu gostaria que ele fosse leitor-teste. Meu ouvinte poderia ficar à vontade caso o achasse chato e deveria me dizer, pois era para isso a experiência. Pedi também que ele não espalhasse a ideia por aí, porque ainda não tinha terminado e a coisa era inédita. Dias depois, me surpreendo com Caíto Ortiz, o nosso querido diretor e Lázaro a me perguntarem: "Oxente! Quem é Edite?", "Quero conhecer essa Edite porque Marcão não fala em outra coisa". Essa experiência em São Paulo com essas pessoas tão diversas e especiais foi definitiva para eu ter clareza dos rumos que achava que esse livro poderia tomar. No primeiro volume da série O pensamento de Edite, Livro do Avesso, ainda não sabíamos que Edite era uma cozinheira e acompanhávamos seu pensamento diário, como se estivéssemos lendo alguém que anota tudo que pensa. Neste segundo, não. Ela não escreve, mas nós temos acesso ao que ela pensa. Estamos dentro da cabeça de Edite com seus sonhos, sua geografia, suas incongruências, suas contradições, suas falhas, para o que der e vier. Na cabeça de Edite cabe tudo. É um bairro, uma praça imensa, um palácio, um quarteirão, um país. Seu nome próprio, que é também verbo, já diz a que veio: Edite. É isso mesmo. Acho que essa personagem se encaixa no conceito de auto ficção e desde que ela nasceu não pude me desvencilhar do viés de seu pensamento que ganhou, em pouquíssimo tempo, franca intimidade no chão da minha cabeça. Edite caminha no fio da própria liberdade, na asa de suas escolhas, na sua combatente inocente conversa. Ela não é panfletária, nem pretende ser ativista de nada. Só quer seguir antenada com a liberdade conquistada à duras penas no próprio espaço subjetivo. Em "Quem me leva para passear", sabemos que Edite tem um buffet chamado Cozinha da Mamãe, através do qual ilustra importantíssimos jantares, encontros e reuniões da variada freguesia. E mergulhamos com ela na ausência de afeto das tantas mansões de alguns ricos, e na presença do afeto na vulnerabilidade civil de muitos pobres.

A exemplo de outras obras minhas, peço que alguns amigos leiam em voz alta trechos dos originais para que eu possa ter noção da sua força oral e fazer assim os ajustes rítmicos do tecido em prosa poética, como é meu caso aqui. Foram tardes e noites, pandêmicas e remotas, entre uma e outra presencial cautelosa, em que viajamos juntos na cabeça da Edite e, de mãos dadas ao seu pensamento, fomos confiantes aos sertões urbanos onde ela transita.

Fica aqui o meu agradecimento profundo a Lázaro Ramos, Geovana Pires, Vanessa Plavnik, Gabi Buarque, Jonathan Estrella, Juliano Gomes, Fernando Sallis, Jean Wyllys, Paola Carosella, Marcos Vinícius Turíbio, Margareth Taquette, Sérgio Santoro, Chico Santana, Ana Carolina, Chiara Civello, Thaís Dumet, Magali,

Luísa Cassano, Taís Espírito Santo, Sarah dos Anjos, Simone Nascimento, Simone Portellada, Caíto Ortiz, Fabricio Boliveira, Ricardo Bravo, Neusa e Gabriele Reis, Leandro Pindoba, Juliana Régis, Dora Régis, Vitor Nascimento, Joice Moreira, Diogo Rodrigo, Zezé Polessa, Camila Morgado, Raquel Corbetta, Duda Maia, Bruno Monteiro, Martinha Tristão, Vitor Nogueira, Valéria Falcão, Alcione Dias, Antônio Gomes Santos, Aglaia Gomes e Margarida Eugênia Campos Gomes. Dizem que citar é excluir e acaba-se, sem querer, omitindo alguém; por isso peço desculpas aqueles que não citei agora, mas que foram ávidos parceiros e cúmplices da Edite até aqui e, me confirmaram a validade de espalhar os pensamentos dela por aí. Mário Quintana disse que o bom livro, ou o bom poema, é aquele que lê a gente. Oxalá que "Quem me leva para passear", cumpra em cada leitor os desígnios do seu título.

Elisa Lucinda, nova primavera/2021.

Bibliografia

Livros de Elisa Lucinda

A Lua que menstrua. Produção independente. 1992.
Sósia dos sonhos. Produção independente. 1994.
O Semelhante. Rio de Janeiro: Record, 1999.
Euteamo e sua estreias. Rio de Janeiro: Record, 1999.

Coleção Amigo Oculto (infanto-juvenil):
O órfão famoso. Rio de Janeiro: Record, 2002.
Lili, a rainha das escolhas. Rio de Janeiro: Record, 2002.
O menino inesperado. Rio de Janeiro: Record, 2002.
A menina transparente. Rio de Janeiro: Record, 2010.
(Prêmio altamente recomendável, da Fundação Nacional do Livro Infantil e juvenil – FNLIJ.)
A dona da festa. Rio de Janeiro: Record, 2011.

50 Poemas Escolhidos pelo Autor. Rio de Janeiro: Edições Galo Branco, 2004.
Contos de Vista. São Paulo: Global, 2005. (Primeiro livro de contos da autora).
A fúria da Beleza. Rio de Janeiro: Record, 2006.
A poesia do encontro. Com Rubens Alves. São Paulo: Papirus, 2008.
Parem de falar mal da rotina. Rio de Janeiro: Leya, 2010.
Fernando Pessoa, o Cavaleiro de Nada. Rio de Janeiro: Record, 2014.
Vozes Guardadas. Rio de Janeiro: Record, 2016.

Coleção O pensamento de Edite:
Livro do Avesso. Rio de Janeiro: Malê, 2019.
Quem me leva para passear. Rio de Janeiro: Malê, 2021.

Esta obra foi composta em Arno pro light 13 para a Editora Malê e
impressa na Optagraf em julho de 2025.